Oetinger

Astrid Lindgren (1907–2002), im südschwedischen Småland geboren und aufgewachsen, gehört zu den bekanntesten Schriftstellerinnen der Welt und ihre Romane, Märchen und Erzählungen längst zu den Klassikern der Kinderliteratur. Als erste Kinderbuchautorin erhielt Astrid Lindgren 1978 den Friedenspreis des Deutschen Buchhandels. In ihrem Namen wird seit 2003 der hoch dotierte »Astrid Lindgren-Gedächtnispreis« vergeben, mit dem besonderes künstlerisches und soziales Engagement für die Kinder dieser Welt ausgezeichnet wird.

Ilon Wikland, 1930 in Estland geboren, studierte Kunst in Stockholm und London und arbeitet als freie Illustratorin. 1954 begann ihre Zusammenarbeit mit Astrid Lindgren, aus der mehr als dreißig Bücher hervorgegangen sind. Sie prägte über Generationen das Bild von Astrid Lindgrens *Kindern aus Bullerbü*, *Karlsson vom Dach* oder *Ronja Räubertochter*. Ilon Wikland wurde für ihr Gesamtwerk mit dem Elsa-Beskow-Preis ausgezeichnet und bereits mehrfach für den »Astrid Lindgren-Gedächtnispreis« nominiert.

ASTRID LINDGREN

Erzählungen

Illustrationen von
Ilon Wikland

Verlag Friedrich Oetinger · Hamburg

Weitere Geschichtensammlungen von Astrid Lindgren bei Oetinger

Märchen
Pelle zieht aus und andere Weihnachtsgeschichten
Sammelaugust und andere Kinder

»Erzählungen« und »Märchen« sind auch als Hörbuch erschienen.

MIX
Papier | Fördert gute Waldnutzung
FSC® C002795

15. Auflage

Druck und Bindung: Livonia Print SIA, Jurkalnes iela 15/25, LV-1046 Riga, Lettland
*Printed 2025/1
ISBN 978-3-7891-2948-3

www.astrid-lindgren.de
www.oetinger.de

Inhalt

Na klar, Lotta kann Rad fahren

Natürlich kann ich Rad fahren!«, rief Lotta. »Jawohl, das kann ich! Im Geheimen!«

Lotta saß auf dem Türpfosten draußen vor ihrem Haus in der Krachmacherstraße. Da saß sie und schaute zu, wie Jonas und Mia-Maria auf ihren Rädern den Berg heruntergesaust kamen, dass es nur so rauschte. Kein Wunder, dass Lotta wütend war! Sie war noch nicht ganz fünf Jahre alt, diese Lotta, und in Wirklichkeit konnte sie gar nicht Rad fahren – nicht einmal im Geheimen.

»Du bist noch zu klein«, sagte Jonas später, als sie in der Küche saßen und Abendbrot aßen.

»Und außerdem hast du gar kein Fahrrad«, sagte Mia-Maria, »bloß ein altes Dreirad.«

Jetzt wurde Lotta noch wütender.

»Da hört ihr's mal«, sagte sie zu Mama und Papa. »Wie soll ich Rad fahren können, wenn ich kein Fahrrad habe?«

Dann biss sie einen kleinen Happen von ihrem Butterbrot ab und murmelte: »Ich kann aber doch Rad fahren. Im Geheimen!« Es gab vieles, was Lotta im Geheimen tat. Jedenfalls sagte sie das immer.

»Ich gehe auch in die Schule«, pflegte sie zu sagen. »Im Geheimen.«

Als Lotta einmal Tante Berg im Haus nebenan besuchte, da sagte Tante Berg: »Wie ulkig! Jonas und Mia-Maria haben beide blaue Augen; deine Augen sind aber beinahe grün.«

Da sagte Lotta ganz entschieden:

»Ich habe auch blaue Augen – im Geheimen.« Denn Lotta wollte immer genau das Gleiche haben wie Jonas und Mia-Maria.

»Bloß ein altes Dreirad, die spinnen ja«, sagte Lotta, als sie abends im Bett lag. Das sagte sie zu ihrem Teddy. Der ging immer mit Lotta ins Bett. Der Teddy war nicht etwa ein Bär, wie man meinen sollte, sondern ein Schweinchen, das Mama für Lotta genäht hatte. Lotta aber nannte es trotzdem Teddy und ihrem Teddy erzählte sie alles.
»Du bist der Einzige, der richtig zuhört«, sagte Lotta. »Jonas und Mia-Maria, die hören nie zu. Und sie verstehen auch nie was.«
Nein, da war der Teddy viel besser. Und nun lag er ganz still da und hörte zu, als Lotta ihm erzählte, was sie Schreckliches vorhatte.
»Wenn ich an meinem Geburtstag kein richtiges Fahrrad kriege, dann mopse ich eins«, sagte Lotta. »Im Geheimen.«
Genau zwei Tage später war Lottas Geburtstag. Sie wurde fünf Jahre alt. Mama und Papa und Jonas und Mia-Maria kamen morgens mit einer Torte und Lichtern herein und sangen: »Hoch soll sie leben.«
Sie hatten viele Geschenke für Lotta. Aber kein Fahrrad. Drei Spielzeugautos, ein Bilderbuch und ein Springseil bekam sie. Und eine neue Schaukel, die im Garten aufgehängt werden sollte, und eine hübsche Umhängetasche – aber kein Fahrrad!
»Du kommst sicher noch eine Weile mit dem Dreirad aus«, sagte Papa.
Lotta freute sich über all ihre Geschenke und dachte zunächst nicht weiter an das Fahrrad. Den ganzen Vormittag über war sie munter und vergnügt. Sie spielte mit ihren Autos, schaute sich ihr Bilderbuch an, sprang mit ihrem Springseil und schaukelte auf ihrer Schaukel.
Mit der neuen Tasche über der Schulter machte sie einen kleinen Spaziergang durch die Krachmacherstraße. Dabei traf sie den Schornsteinfeger, der gerade bei Tante Berg den Schornstein gekehrt hatte. Sie sagte zu ihm:
»Ich finde Umhängetaschen hübsch, du nicht auch?«

Der Schornsteinfeger fand das auch, und als Lotta dies hörte, wurde sie noch vergnügter. Als sie aber nach Hause kam, fiel ihr Blick zufällig auf das Dreirad, das in einer Ecke stand. Da ging sie hin und gab ihm einen Tritt. »Gar nicht komme ich mit dir aus«, brummte sie. »Das denkt Papa nur.«

Sie hatte ganz vergessen, wie sehr sie sich gefreut hatte, als sie vor zwei Jahren das Dreirad zu ihrem Geburtstag bekam. Jetzt wollte sie ein richtiges Fahrrad haben. »Und ich weiß auch, wo ich eins mopsen kann«, sagte sie.

In Tante Bergs Schuppen stand ein altes Fahrrad, Lotta hatte es dort gesehen.

»Das hol ich mir«, sagte sie zum Teddy. »Und du musst mitkommen.«

Denn Lotta wollte nicht allein sein, wenn sie mopsen ging.

»Wir müssen aber warten, bis Tante Berg ihren Mittagsschlaf hält. Sie darf es doch nicht merken«, sagte Lotta. Sie war wirklich ganz schön schlau!

Lotta schaute kurz zu Tante Berg hinein um nachzusehen, ob sie schon eingeschlafen sei. Das war sie nicht. Tante Berg saß auf dem Sofa, strickte und sah nicht besonders müde aus. Skotty, ihr frecher

kleiner Hund, sauste auf Lotta zu und bellte sie an. Aber daran war Lotta gewöhnt und sie hatte keine Angst.
»Bell du nur«, sagte Lotta. »Wenn auch heute mein Geburtstag ist.«
Dann sagte sie zu Tante Berg: »Rate mal, wer heute Geburtstag hat!«
»Ach richtig, das bist ja du«, sagte Tante Berg und ging zur Kommode und holte ein Päckchen heraus.
»Herzlichen Glückwunsch, kleine Lotta«, sagte Tante Berg.
Lotta machte das Päckchen sofort auf. Es lag eine Schachtel darin und in der Schachtel war ein kleines Armband mit roten, blauen und grünen Steinen. Lotta fühlte im ganzen Körper, wie sehr sie sich freute. Oh, was für ein schönes Armband! Sie bedankte sich immer wieder bei Tante Berg.
»Du bist die Netteste von der Welt«, sagte sie. Und sie legte das Armband sofort an und betrachtete die Steine, die glitzerten und glänzten.
»Das sind wohl beinahe Diamanten«, sagte Lotta begeistert.
»Keine richtigen«, sagte Tante Berg.
Nun aber fiel Lotta plötzlich ein, was sie eigentlich vorhatte, und darum streichelte sie Tante Bergs Wange und sagte:
»Ich an deiner Stelle würde jetzt aber meinen Mittagsschlaf halten.«
»Ja, kleine Lotta, du hast Recht«, sagte Tante Berg.
Und dann ging Lotta. Mit dem Armband am Handgelenk und dem Teddy im Arm.
»Du, da sind wir aber schlau gewesen«, sagte Lotta zufrieden. »Sie schläft sicher gleich ein, sollst mal sehen.«
Danach schlich sich Lotta leise in den Schuppen und setzte sich hier mit dem Teddy auf einen Stuhl um zu warten. Sie wartete und wartete, bis sie fast selber eingeschlafen wäre. Schließlich sagte sie:
»So, jetzt legen wir los!«
Und dann legte Lotta los!

Doch Lotta war klein und das Fahrrad war groß und unförmig. Es kippte viermal um, bevor Lotta damit überhaupt aus dem Schuppen herauskam.
Das war ein ganz dummes und abscheuliches Fahrrad, fand Lotta. Es zerschrammte ihr die Beine und fiel dauernd um und rutschte weg.
»Warte nur, bis ich auf die Pedale steige«, sagte Lotta böse. Sie sagte es zu dem Fahrrad. Den Teddy hatte sie auf den Gepäckträger geklemmt.
»Halt dich gut fest«, sagte sie. »Gleich sause ich genauso den Berg runter wie Jonas und Mia-Maria.«
Nun schob Lotta das Fahrrad mit großer Mühe die Krachmacherstraße bergauf.
»Man muss ja schließlich erst mal oben sein, bevor man runtersausen kann«, sagte sie ganz außer Atem.
Wenn man selber klein ist und das Fahrrad groß, dann ist es wirklich schwierig, auf die Pedale hinaufzukommen. Aber Lotta hatte Glück. Irgendjemand hatte oben auf dem Berg eine Kiste an den Rinnstein gestellt. Die war für Lotta zum Aufsteigen genau richtig. »Denk nur, genau richtig«, sagte Lotta und im Nu stand sie auf den Pedalen.
»Jetzt pass auf, Teddy, jetzt wirst du ein Sausen erleben!«, sagte Lotta. Mehr konnte sie nicht sagen, denn nun ging es auch schon los. Sie sauste schneller davon, als Jonas und Mia-Maria es jemals getan hatten.
»Bremse!«, schrie Lotta. »Bremse!«
Doch das Fahrrad konnte nicht bremsen und Lotta konnte es auch nicht. Lotta und das Fahrrad und der Teddy rasten den Berg hinunter, dass es nur so pfiff. Ja, der Teddy hatte solch ein Sausen wahrlich noch nie erlebt.
»Hilfe!«, schrie Lotta. »Hilfe!«

Aber das Fahrrad raste immer weiter. Bis an den Fuß des Berges sauste es und hier krachte es mitten in die Hecke von Tante Bergs Haus. Die arme Lotta flog über die Hecke und landete in einem von Tante Bergs Rosensträuchern.

Da stieß Lotta ein so fürchterliches Geheul aus, dass Tante Berg drinnen im Haus ordentlich zusammenzuckte und erschrocken den Kopf zum Fenster hinausstreckte.

»Was ist denn los«, rief sie. »Was machst du da, Lotta?«

»Ich fahre Rad!«, schrie Lotta. »Und noch dazu an meinem Geburtstag!« Sie fand es schrecklich, dass sie ausgerechnet an ihrem Geburtstag im Rosenstrauch landen musste.
»Aber Herzchen«, sagte Tante Berg. »Wo tut es denn am meisten weh?«
Da verstummte Lotta und fühlte nach, wo es am meisten wehtat.
»Überall«, heulte sie. »An der Stirn«, sagte sie und fühlte nach. Und wirklich, hier hatte sie eine große Beule.
Sie wollte gerade von neuem in Geheul ausbrechen, da erblickte sie etwas noch Schlimmeres. Aus einer Schramme am Bein tropfte Blut.
»Blut!«, schrie Lotta so laut, dass man es in der ganzen Krachmacherstraße hören konnte. »Da kommt Blut! An meinem Geburtstag!«
Und sie schrie und schrie und schrie, weil sie blutete und weil sie eine Beule an der Stirn hatte – und auch ein klein wenig, weil sie das Rad gemopst hatte. Was würde Tante Berg dazu sagen?
Tante Berg aber sagte gar nichts, sondern nahm Lotta mit in ihre Küche und wusch ihr die Wunde und klebte ein Pflaster drauf. Und dann schob sie das Fahrrad in den Schuppen.
Sie machte dabei ein etwas strenges Gesicht, das sah Lotta.
»Ich hab es ja nur für eine kleine Weile gemopst«, sagte Lotta. »Nur so lange, wie du geschlafen hast. Bist du mir deswegen böse?«
»Nein, nein«, sagte Tante Berg. »Aber so ein großes Fahrrad ist ja lebensgefährlich für dich. Du müsstest ein kleineres haben.«
»Ein Dreirad, was?«, murrte Lotta.
»Nein, ein richtiges kleines Fahrrad«, sagte Tante Berg.
»Sag das mal Papa«, sagte Lotta.
Plötzlich stieß sie von neuem ein schauriges Gebrüll aus.
»Mein Armband!«, schrie sie. »Ich hab mein Armband verloren!«
Ja wahrhaftig, das stimmte. Es war nicht mehr an ihrem Handgelenk und leuchtete und glitzerte nicht mehr.

»Wir müssen es suchen«, sagte Tante Berg. Und das taten sie. Sie suchten und suchten, Tante Berg und Lotta, im Schuppen und auf der Straße, überall. Aber das Armband war nirgends zu sehen.
Nun ging Lotta nach Hause. Sie weinte und brüllte die ganze Zeit, sodass Jonas und Mia-Maria, als sie auf ihren Rädern aus der Schule kamen, es schon von weitem hören konnten. An der Gartentür trafen sie mit Lotta zusammen.
»Weshalb heulst du, Lotta?«, fragte Jonas.
»Weil das ein mieser Geburtstag ist«, zeterte Lotta.
Jonas und Mia-Maria wollten wissen, was Lotta so mies fand.
»Das erzähl ich euch nicht«, sagte Lotta zuerst.
Dann erzählte sie es aber doch. Sie berichtete von dem Fahrrad und von dem Armband, das sie verloren hatte.

»Es geschieht dir ganz recht, dass du das Armband verloren hast«, sagte Jonas.
»Genau«, sagte Mia-Maria, »Tante Berg schenkt dir ein Armband und ist so nett zu dir und dann mopst du ihr einfach das Fahrrad. Es geschieht dir ganz recht, dass alles so gekommen ist.«
Lotta schwieg und schämte sich.
»Mit euch rede ich nicht«, sagte sie. Und dann kletterte sie auf den Türpfosten, um auf Papa zu warten. Der musste jetzt bald nach Hause kommen.
»Ich finde aber trotzdem, dass es ein mieser Geburtstag ist«, sagte Lotta zu ihrem Teddy. Da saßen die beiden und schauten Jonas und Mia-Maria zu, die wie immer den Berg hinunterradelten.
»Pah, das haben wir schließlich auch getan«, sagte Lotta zum Teddy. Dann aber schüttelte sie finster den Kopf.
»Jonas spinnt wohl. Sieh mal, wie der fährt«, sagte sie. Ja, wirklich, manchmal nahm Jonas beide Hände von der Lenkstange und radelte, ohne sich überhaupt festzuhalten!
»Mama hat doch gesagt, du darfst nicht so fahren«, rief Lotta. »Es ist nämlich verboten!« In diesem Augenblick aber entdeckte sie ihren Vater weit hinten auf der Straße und es hätte nicht viel gefehlt, und sie wäre vom Pfosten gepurzelt. Denn was war das, was Papa neben sich herschob? Doch nicht etwa ein Fahrrad? Ein kleines Fahrrad, gerade richtig für Lotta!
»Nee, nun verstehe ich überhaupt nichts mehr«, sagte Lotta. Dann aber stieß sie einen Schrei aus, sodass Mama zum Küchenfenster hinausschaute. Und Mama verstand ebenfalls überhaupt nichts.
»Was ist denn das?«, fragte sie. »Wir hatten doch verabredet, dass Lotta erst im nächsten Jahr ein Fahrrad bekommen soll.«
»Gewiss«, sagte Papa. »Aber dies hier ist ein altes, gebrauchtes, billiges Rad, auf dem sie fahren lernen kann. Da hast du's, Lotta!«

Und obwohl es alt, gebraucht und billig war, freute Lotta sich mehr über das Rad als über irgendetwas anderes, das sie zu ihrem Geburtstag bekommen hatte.

Jonas sagte: »Das Ding ist gar nicht so übel! Probier es mal aus, Lotta!«

Und Lotta probierte es aus. Jonas rannte hinterher und hielt sie fest, denn keiner glaubte, dass Lotta radeln konnte. Aber unversehens ließ Jonas los und Lotta fuhr trotzdem sehr gut.

»Guckt nur, das Mädchen kann tatsächlich Rad fahren«, sagte Mama vom Fenster aus.

»Ja, klar kann ich Rad fahren!«, rief Lotta. »Guck mal, Tante Berg!«, rief sie, als sie an Tante Bergs Haus vorüberfuhr. »Guck mal, wie ich fahren kann!«

Tante Berg aber schaute ganz verwundert über ihre Hecke. Dann hob sie ihre Hand und rief:

»Schau mal, Lotta, was im Rosenstrauch an einem Zweig gehangen hat!«

Sie hielt Lottas Armband in der Hand. Da fiel Lotta vom Rad, denn man kann nicht Rad fahren und sich gleichzeitig nach einem Armband umsehen. Sie tat sich aber nicht sehr weh, denn sie hatte ja nun ein kleines Rad.

Jonas und Mia-Maria kamen herbei und sahen sich Lottas Armband an und Mia-Maria sagte, es sei das hübscheste Armband, das sie je gesehen habe.

»Jetzt findest du sicher nicht mehr, dass dies ein mieser Geburtstag ist«, sagte Jonas.

»Nöö, das hab ich nie gefunden«, sagte Lotta.

Dann radelte sie auf ihrem alten, gebrauchten Fahrrad und mit dem feinen Armband am Arm und dem Teddy auf dem Gepäckträger vor ihrem Haus hin und her.

Jonas und Mia-Maria radelten ebenfalls. Sie radelten alle drei und Lotta fand es lustig. Plötzlich ließ Jonas die Lenkstange los und fuhr freihändig. Da kam Lotta auf die Idee, es auch zu versuchen.
»Halt dich fest«, rief sie dem Teddy zu, »denn jetzt lass ich los!«
Das tat sie auch. Und sofort flog sie vom Rad. Sie fiel auf die Straße, und obgleich sie nun ein kleines Fahrrad hatte, stieß sie sich tüchtig am Ellenbogen.
»Siehst du wohl!«, rief Lotta zornig Jonas zu. »Und außerdem ist es verboten!«
»Du bist zu klein dafür, das musst du doch wissen!«, rief Jonas. »Du kannst noch nicht freihändig fahren, das musst du doch wissen!«
Lotta aber saß auf der Straße und rieb sich den Ellenbogen.
Ganz leise, sodass nur der Teddy es hören konnte, murmelte sie: »Natürlich kann ich das! Ich kann genauso freihändig fahren wie Jonas! Im Geheimen.«
Und dann gingen sie alle ins Haus und aßen ein wirklich gutes Geburtstagsessen.

Sammelaugust

Allen Kindern, die zuhören wollen, möchte ich jetzt von einem kleinen småländischen Jungen erzählen, der Samuel August hieß. Samuel August – nein, nein, so kann man einen kleinen Jungen doch nicht taufen! Samuel Augusts Eltern konnten es aber. Natürlich geschah das vor langer, langer Zeit, bevor man anfing, Jungen Stefan und Jan und Christoph zu nennen. Aber jedenfalls hieß er Samuel August.

An dem Tag, als Samuel August getauft werden sollte, lag so viel Schnee in Småland, dass man die Wege nicht mehr sehen konnte. Man musste nach dem Gehör fahren, ungefähr dort, wo man den Weg vermutete. Samuel Augusts Eltern glaubten sicher, dass sie sich in ein großes Unternehmen einließen, als sie mit ihrem schreienden Jungen im Schlitten mühsam den langen Weg zur Kirche suchten. Vielleicht wurden sie deshalb ein bisschen übermütig und gaben ihm diesen stattlichen Namen.

Aber als Samuel August größer wurde, hörte es sich nur an wie »Sammelaugust«, wenn seine Brüder ihn riefen. Vier Brüder hatte er. Ihr hättet die Hütte sehen müssen, in der sie wohnten. Es gab nur eine Stube und eine Küche. Wenn alle Jungen auf einmal in der Hütte waren – das war ein Leben! In der Stube war ein großer offener Herd. Dort saßen die Jungen an den Winterabenden und wärmten sich. Aber der Herd hatte keine Ofenklappe, die man zumachen konnte, um die gute Wärme festzuhalten, wenn das Feuer heruntergebrannt war. Es gab nur ein großes Loch über dem Herd, und das war der Schornstein. Als Sammelaugust den Mond zum ersten Mal sah, stand er ausgerechnet auf der Herdplatte und sah in den

Schornstein hinauf. Mitten in dem Loch dort oben stand der Mond. War das nicht eine eigenartige Stelle, den Mond zu sehen?
In den Winternächten wurde es kalt in der Hütte. Jeden Abend wärmte Sammelaugusts Vater Pelzdecken am Feuer, in die er seine fünf Jungen wickelte, wenn sie schlafen gingen. Das war warm und gut. Aber stellt euch vor, am Morgen wieder aus den Pelzdecken kriechen zu müssen, wenn es so kalt war, dass in der Küche das Wasser in der Wassertonne gefroren war! Mit dem Stößel musste Sammelaugusts Vater die Eisschicht auf der Tonne zerschlagen. Das war das Erste, was er an jedem Wintermorgen tat.
Dieser Stößel und der Mörser, der dazugehörte, waren Sammelaugusts liebstes Spielzeug. In den kleinen Hütten in Småland gab es damals kein Spielzeug. Aber Sammelaugust nannte den Mörser »große Eisenbahn« und den Stößel »kleine Eisenbahn« und rollte sie über den Fußboden hin und her. Damals war er natürlich noch ganz klein. Als er ein bisschen größer wurde, gab es viel anderes, womit er sich vergnügen konnte.
Sammelaugust und seine Brüder fuhren im Winter Schlitten. Nicht viele Kinder in Schweden haben solche Schlittenabhänge, wie diese Jungen sie hatten. Die Hütte lag hoch und es gab einige ganz steile Abhänge hinunter zur Bahnstation, die eine halbe Meile entfernt war. Ja, sicher waren das einige der gefährlichsten Abhänge in Schweden. Und dort sausten die Jungen runter mit ihren Schlitten. Ihr kennt doch diese großen Schlitten, wahre Ungetüme, mit denen Holzlasten gefahren werden?
Was hätte Sammelaugust und seinen Brüdern alles dabei passieren können! Ihr müsst wissen, an manchen Stellen ging der Weg an so steilen Abhängen vorbei, dass die Jungen in gleicher Höhe mit den Baumwipfeln fuhren. Da musste man steuern können. Ungefähr auf halber Höhe machte der Weg eine richtige S-Kurve. Stellt euch vor,

wenn man die Kurve nicht richtig nehmen konnte! Dann wäre der Schlitten geradeaus weitergesaust und in die Baumspitzen hinein. Aber Sammelaugust und seine Brüder *konnten* sie nehmen! An einer anderen Stelle wurde der Weg durch zwei riesige Felsblöcke zu einem schmalen Engpass zusammengepresst. Diese Stelle hatte einen lustigen Namen: Käsekuchenklamm. Warum sie so hieß? Fragt mich nicht! Aber Käsekuchen ist eine Festspeise in Småland. Deshalb ist es ein feiner Name. Sammelaugust und seine Brüder steuerten frisch und munter durch die »Käsekuchenklamm« und dachten gar nicht daran, dass ein entsetzliches Unglück hätte passieren können, wenn ihnen dort zum Beispiel ein Pferdefuhrwerk entgegengekommen wäre. Denn in der Käsekuchenklamm konnte man nicht aneinander vorbeifahren, und einen Schlitten bei *der* Fahrt bremsen, das ging schon gar nicht.

Aber es war nicht immer Winter. Es gab ja auch Sommer, lange, warme, herrliche Sommer, wenn die wilden Erdbeeren an den Abhängen leuchteten und es von den Tannen und Kiefern duftete und man Krebse fing in den Wasserrosenseen.

Und wie Sommer und Winter gingen, wuchs Sammelaugust weiter und wurde immer langbeiniger. Wie der Junge rennen konnte! Einmal, als Sammelaugust den Weg entlangwanderte, kam ein Fuhrwerk an ihm vorbei. »Darf ich mitfahren?«, fragte Sammelaugust. Denn das fragen ja Jungen, wenn ein Fuhrwerk an ihnen vorbeifährt. Aber der Bauer, der auf dem Kutschbock saß, wollte nichts mit einem Jungen zu tun haben.

»Nein, das darfst du nicht«, sagte er. Und dann schnalzte er und das Pferd begann zu laufen. Da fing Sammelaugust auch an zu laufen. Er lief neben dem Fuhrwerk her. Er lief und lief und lief und lief. Der Bauer schaffte es nicht, Sammelaugust wegzufahren. Sammelaugust hielt sich die ganze Zeit neben dem Wagen. Da konnte der

Bauer sehen, dass Sammelaugust es gar nicht nötig hatte, sich bei ihm einzuschmeicheln, um schnell vorwärts zu kommen.
»Du bist ja ein ganz gefährlicher Kerl, so wie du rennen kannst«, sagte der Bauer zum Schluss.
»Ja«, sagte Sammelaugust und blieb endlich stehen. Da war er ziemlich außer Atem.
Etwas gab es, das sich Sammelaugust mehr wünschte als alles andere auf der Welt. Er wünschte sich Kaninchen. Zwei kleine, süße weiße Kaninchen wollte er haben, ein Männchen und ein Weibchen. Sie sollten groß werden und Junge bekommen. Viele, viele Junge! Niemand in ganz Småland sollte so viele Kaninchen haben wie Sammelaugust. Einen ganzen Sommer ging er umher und dachte daran. Er wünschte sich so heiß und brennend, so sehnsüchtig Kaninchen, dass es eigentlich erstaunlich war, wenn keine vor seinen Augen aus dem Boden emporwuchsen.
Sammelaugust wusste, wo es Kaninchen zu kaufen gab. Auf einem Hof im Nachbardorf, weit weg. Das hatte der Knecht von Per Johan ihm erzählt. Aber sie kosteten 25 Öre* das Stück. 50 Öre – woher sollte Sammelaugust so viel Geld nehmen? Genauso gut hätte er sich den Mond wünschen können. Vater und Mutter darum zu bitten hatte keinen Zweck. Zu der Zeit gab es zu wenig Geld in den kleinen Hütten in Småland.
Abends bat Sammelaugust den lieben Gott, doch ein Wunder zu tun. Er konnte ruhig einmal einen richtigen Millionär zu Sammelaugust schicken. Man weiß doch, wie Millionäre sind: gehen umher, die Taschen voller Geld, und dabei verlieren sie vielleicht 25 Öre hier und 25 Öre dort.
Gott schickte keinen Millionär, aber er schickte den Großhändler Sörensen.

* Schwedisches Geld: 1 Krone = 100 Öre

An einem Samstagnachmittag im Juli saß Sammelaugust zwischen dem Labkraut am Wegrand und dachte an nichts. Oder vielleicht dachte er an diese Kaninchen, die er niemals bekommen würde; denn das tat er oft. Da hörte er von weitem ein Pferdefuhrwerk und sprang auf, um das Gatter zu öffnen, eines der vielen Gatter, die damals die Smålandwege für das Vieh absperrten, damals, als die Leute es noch nicht so eilig hatten und es noch keine Autos gab.
Und da kam der Großhändler Sörensen in seiner feinen Kutsche an mit dem Kutscher auf dem Bock und den Pferden Titus und Julle vor dem Wagen. Der Großhändler war ein bekannter Mann in der Gegend. Er hatte ein Geschäft unten an der Bahnstation, ein großes Geschäft. Jetzt war er unterwegs, um den Küster im Kirchdorf zu besuchen. Die ganzen Wegsteigungen hinauf hatten Titus und Julle sich schwer mit dem Großhändler geplagt. Aber jetzt waren sie bis zu Sammelaugusts Hütte gekommen und da waren die schlimmsten Steigungen überstanden. Nun ging der Weg glatt und eben bis hinein ins Kirchdorf – glatt und eben, aber mit vielen Gattern. Und hier am ersten Gatter stand ein kleiner flachshaariger Junge, machte artig seinen Diener und hielt das Gatter weit offen.
Der Großhändler war den Weg schon viele Male gefahren und wusste gut, wie umständlich es für den Kutscher war, immer vom Bock zu springen, um die Gatter zu öffnen. Deshalb beugte er sich aus der Kutsche und lächelte Sammelaugust freundlich zu.
»Hör mal, du«, sagte er, »willst du mit zum Kirchdorf fahren und mir die Gatter aufmachen? Du bekommst fünf Öre für jedes Gatter.«
Sammelaugust wurde es beinahe schwarz vor Augen. Fünf Öre für jedes Gatter! Ob er mit zum Kirchdorf wollte? Und ob! Für diesen Preis würde er bis ans Ende der Welt mitfahren und alle Gatter öffnen!
Er sprang in die Kutsche. Im tiefsten Innern zweifelte er stark daran,

dass der Großhändler sein Versprechen halten würde. Vielleicht war es nur so ein Spaß, wie ihn sich die Großen manchmal ausdachten. Aber wie es auch war – es war ein Erlebnis, Kutsche zu fahren. Und es *konnte* ja sein, dass der Großhändler wirklich meinte, was er sagte.

Sammelaugust öffnete wie im Fieber die Gatter auf dem Weg ins Kirchdorf. Bei jedem Gatter rechnete er im Kopf mit. Es schwindelte ihn: Dreizehn Gatter waren es auf dem halbmeilenlangen Weg, dreizehn gesegnete Gatter.

»Na«, sagte der Großhändler, als sie vor der Kirche hielten, »wie viel bekommst du nun? Ausrechnen musst du es selbst!«

Aber Sammelaugust wagte es nicht, die unvorstellbare Summe zu nennen.

»5 mal 13«, sagte der Großhändler. »Wie viel ist das?«

»65«, flüsterte Sammelaugust, blass vor Aufregung.

Es war *kein* Spaß. Großhändler Sörensen nahm sein großes Portmonee aus der Rocktasche und zählte einen blanken Fünfziger, einen Zehner und noch einen Fünfer in Sammelaugusts braune zitternde Handfläche. Sammelaugust machte einen Diener, dass seine hellen Stirnhaare fast den Staub des Weges fegten.

Dann lief er nach Hause. Die ganze halbe Meile lief er und sprang dabei über alle dreizehn Gatter. Nie waren leichtere Füße diesen Weg gelaufen.

Zu Hause warteten die Brüder voller Neugier. Sie hatten Sammelaugusts merkwürdige Abfahrt in der Kutsche des Großhändlers Sörensen beobachtet.

Der aber, der jetzt dort an der Wegbiegung angelaufen kam, das war doch wohl nicht mehr ein armer Smålandjunge mit Namen Sammelaugust? Nein, das war ein reicher Mann, ein Geldprotz, Kaninchenfarmbesitzer, beinahe schon ein Großhändler. Wenn man sich

einen Großhändler denken kann, der so entsetzlich nach Luft schnappt.
Welch ein Triumph, als die Brüder sich um ihn drängten und fragten und fragten! Welches Glück, die Hand zu öffnen und sie den ungeheuren, unglaublichen Reichtum sehen zu lassen!

Früh am Sonntagmorgen stand Sammelaugust auf, um seine Kaninchenfarm zu gründen. Bis zu dem Hof im Nachbardorf, wo es die Kaninchen zu kaufen gab, war es über eine Meile. So eilig hatte er es wegzukommen, so sehr sehnte er sich nach seinen Kaninchen, dass er nicht einmal daran dachte, sich Butterbrote mitzunehmen.
Es wurde ein langer Tag und eine lange Wanderung. Spät am Abend kam Sammelaugust nach Hause. Nicht einen Bissen hatte er den ganzen Tag gegessen. Nur gegangen war er, nur gegangen. Er war so müde, dass er beinahe umfiel.
Aber in einem Korb hatte er *seine* Kaninchen. Zwei kleine weiße Kaninchen. Fünfzig Öre hatten sie gekostet. Trotzdem war Sammelaugust kein armer Mann. Fünfzehn Öre hatte er übrig. Die konnte er voll wilder Verwegenheit in den nächsten Jahren verschwenden.
Mehr war das nicht mit Sammelaugust? Nein, mehr nicht. Ja, das hat sich doch gar nicht gelohnt, es zu erzählen. Vielleicht nicht.
Aber ich finde es so schön, dass Sammelaugust diese fünfundsechzig Öre gekriegt hat. Was für ein Glück, finde ich, dass es damals so viele Gatter in Småland gab.

Große Schwester, kleiner Bruder

Jetzt«, sagte die große Schwester zum kleinen Bruder, »jetzt werde ich dir ein Märchen erzählen. Vielleicht kannst du dann für ein Weilchen aufhören Unfug zu machen.«

Der kleine Bruder steckte seinen Zeigefinger in die Wanduhr um zu sehen, ob sie wohl stehen bliebe. Und das tat sie. Dann sagte er: »Fang schon an!«

»Ja, weißt du«, sagte die große Schwester, »es war einmal ein König, der saß auf einem Thron und hatte eine Krone auf dem Kopf...«

»Ein komischer Platz, um sein Geld zu verwahren! Wenn ich eine Krone habe, lege ich sie immer in die Sparbüchse.«

»Ach, wie dumm du bist«, sagte die große Schwester. »Das war doch eine andere Art von Krone.«

»Ach so«, sagte der kleine Bruder, nahm die Wasserkaraffe und goss etwas Wasser auf den Fußboden.

»Der König hatte einen kleinen Prinzen und eines Tages sagte nun der König zu dem Prinzen, dass er sicher eine böse Krankheit habe, denn er fühle sich so schlecht.«

»Wie konnte der König wissen, dass der Prinz sich schlecht fühlte?«, fragte der kleine Bruder und kletterte auf den Tisch.

»Soviel ich weiß, war es der *König*, dem schlecht war«, sagte die große Schwester ungeduldig.

»Dann sag das doch gleich«, sagte der kleine Bruder. »Bekam er Rizinusöl?«

»Wer? Der König?«
»Ja, natürlich der König!«, sagte der kleine Bruder. »Denn wenn es wirklich er war, der sich krank und schlecht fühlte, dann wäre es doch Unsinn gewesen, dem Prinzen Rizinusöl zu geben.«
»Du redest so viel dummes Zeug!«, rief die große Schwester. »Im Märchen kommt kein Rizinusöl vor.«
»Ach so«, sagte der kleine Bruder und brachte die Hängelampe gewaltig ins Schaukeln. »Das ist ungerecht. *Ich* muss immer Rizinusöl nehmen, wenn ich krank bin.«
»Weil sich also der König schlecht fühlte, deshalb sagte er zum Prinzen, dass er in ein fernes Land reisen müsse, um einen Apfel zu holen.«
»Das war aber nicht sehr klug von ihm, wegen eines Apfels eine so weite Reise zu machen – wenn er sich doch so schlecht fühlte«, sagte der kleine Bruder.
»Du machst mich noch verrückt!«, stöhnte die große Schwester. »Es war doch der Prinz, der die Reise machen sollte, um den Apfel zu holen.«
»Dann sag das doch gleich«, sagte der kleine Bruder und ließ die Lampe noch heftiger schwingen. »Aber warum musste er denn ausgerechnet in ein fernes Land fahren? Gab es denn in der Nähe keinen Garten, wo er einen Apfel klauen konnte?«
»Das war kein gewöhnlicher Apfel, begreifst du das nicht? Es war ein Wunderapfel, und wenn jemand krank war, brauchte er nur an dem Apfel zu riechen und er wurde wieder gesund.«
»Ich bin sicher, es wäre ebenso gut mit etwas Rizinusöl gegangen. Und dann hätten sie ihr gutes Geld nicht in teure Fahrkarten zu stecken brauchen, um in ein fernes Land zu reisen«, sagte der kleine Bruder und bohrte in einem Loch in seinem linken Strumpf, sodass es noch größer wurde, als es schon war.

»Der Prinz fuhr überhaupt nicht mit einer Eisenbahn!«, sagte die große Schwester.
»Tat er nicht? Na ja, Reisen mit dem Schiff sind aber auch nicht gerade billig.«
»Er fuhr nicht mit dem Zug und er fuhr nicht mit einem Schiff. Er flog!«
Endlich sah der kleine Bruder etwas interessiert aus.
»Mit einer DC6?«, fragte er und einen Augenblick ließ er das Bohren in seinem Strumpfloch.
»Er flog nicht mit einer DC6«, sagte die große Schwester unzufrieden. »Er flog auf einem Teppich.«
»Sachte, sachte!«, warnte der kleine Bruder. »Du denkst wohl, ich glaube alles, he?«
»Es war aber so – bestimmt«, beteuerte die große Schwester. »Er setzte sich einfach auf den Teppich und sagte: ›Flieg, flieg in ein fernes Land!‹ Und da flog der Teppich auch gleich mit ihm davon, hoch durch die Luft und weit übers Meer.«
»Und so etwas glaubst du«, sagte der kleine Bruder überlegen. »Ich werde dir zeigen, wie viel davon zu glauben ist.«
Er sprang vom Tisch herunter und setzte sich auf den kleinen Flickenteppich, der vor dem Kamin lag.
»Flieg, flieg in ein fernes Land!«, sagte er. Der Teppich rührte sich nicht.
»Was sagst du nun?«, fragte der kleine Bruder. »Ahnte ich's doch. Mit einem Teppich kommt man nicht einmal halbwegs nach Södertälje, viel weniger in ein fernes Land.«
»Wenn du so dumm bist, erzähl ich dir keine Märchen mehr«, sagte die große Schwester beleidigt. »Du weißt doch ganz genau, dass es nicht solch ein Teppich war. Es war ein verzauberter Teppich, von einem indischen Magier gewebt.«

»Na und? Was macht denn das schon für einen Unterschied, ob den Teppich ein indischer Magerer oder ein dicker Schwede gewebt hat?«, fragte der kleine Bruder.
»Komm mir nicht mit solch dummen Einwänden!«, sagte die große Schwester. »Ein Magier ist dasselbe wie ein Zauberer. Der Prinz flog auf dem Teppich und damit basta. Er flog und er flog und er flog...«
»Du erzählst so umständlich, dass der König gleich ein paar Mal sterben kann, bevor der Prinz mit dem Apfel nach Hause kommt«, sagte der kleine Bruder. »Übrigens glaube ich, dass er den Apfel auf dem Heimweg selber verputzt hat.«
»Das tat er gewiss nicht«, sagte die große Schwester. »Das war ein sehr artiger Prinz. Der war nicht so wie du. Aber bevor er den Apfel bekam, musste er erst den mächtigen Zauberer dort im fernen Land besiegen.«
»Wie viele Runden ging das?«, fragte der kleine Bruder.
»Ich weiß nicht, was du meinst. Die gingen gar keine Runden.«
»Aha, er hat ihn direkt k.o. geschlagen?«
»Nun hör mal gut zu«, sagte die große Schwester. »Der Zauberer sagte zu dem Prinzen: ›Ha, jetzt soll Christenblut fließen!‹ «
»Christenblut?«, fragte der kleine Bruder. »Was ist das? Er meinte wohl Nasenblut. Wäre ich der Prinz gewesen, ich hätte dem Zauberer ordentlich eins auf die Nase geknallt! Dann hätte er Christenblut gesehen, dass es nur so gebrummt hätte!«
»Es macht keinen Spaß, dir Märchen zu erzählen«, sagte die große Schwester.
»Und ich finde das Märchen richtig lustig«, sagte der kleine Bruder.
»Also, als es dem Prinzen endlich geglückt war, den Zauberer zu erschlagen, drückte er den Apfel an seine Brust.«
»Drückte also der Zauberer den Apfel an seine Brust... Ja, aber,

soviel ich verstehe, war der Zauberer doch tot?«, sagte der kleine Bruder.
»Oh«, sagte die große Schwester. »Oh!!! Es war doch der Prinz! Der drückte den Apfel...«
»Hat der Prinz den Apfel an die Brust des Zauberers gedrückt? Warum tat er das? Wäre es nicht besser gewesen, wenn er den Apfel genommen hätte, und dann nichts wie weg?«
»Du machst mich wahnsinnig!«, schrie die große Schwester. »Der Prinz drückte den Zauberer... nein, was rede ich! Ich meine: Der Apfel drückte... Ätsch, du bringst mich mit deinem dummen Gerede völlig durcheinander, du ungezogener Bengel!«
»Na, ich werde dir mal erzählen, wie es wirklich war«, sagte der Kleine. »Zuerst drückte der Prinz den Apfel an das Mondgesicht des Zauberers. Und dann nahm der Zauberer den Teppich und drückte ihn an die Stirn des Prinzen und sagte: ›Flieg, flieg in ein fernes Land!‹ Und dann setzte sich der Prinz auf den Apfel und flog nach Södertälje. Und dann kam der Teppich auf dem Zauberer angeritten, der so mager war, dass man wieder gesund wurde, wenn man nur an ihm roch. Und der König, der durch dein Getrödel bereits gestorben war, drückte den Zauberer an die Brust des Prinzen und da aß der Teppich den Apfel auf und dann lebten sie glücklich, solange sie lebten.«
»Ich erzähl dir nie wieder ein Märchen«, sagte die große Schwester.
»Kann ich mich auch darauf verlassen?«, sagte der Kleine.

Lustiges Bullerbü

Ich heiße Lisa und das Dorf, in dem ich wohne, heißt Bullerbü. Es gibt in unserem Dorf nur drei Höfe und nur sechs Kinder. Im Nordhof wohnen Britta und Inga, im Mittelhof wohnen Lasse, Bosse und ich, und im Südhof wohnt Ole. Und natürlich Kerstin, das ist Oles kleine Schwester. Wie konnte ich sie nur vergessen! Ole findet, dass Kerstin das merkwürdigste Kind von ganz Bullerbü ist. Und es ist recht anstrengend, auf sie aufzupassen, sagt Ole, aber Britta, Inga und ich helfen ihm manchmal dabei. »Eine ganze Schulklasse könnte man brauchen, um auf dieses Kind aufzupassen«, sagt Inga.

Wenn der Frühling kommt, ist es besonders schön hier in Bullerbü. In den Gärten blühen Schneeglöckchen, Krokus, Osterglocken und Tulpen und am Waldrand blühen tausend Millionen Anemonen und Leberblümchen.

Kerstin pflückt gern Blumen. Aber ihre Mama hat gesagt, dass sie nur wilde Blumen pflücken darf und nicht die Tulpen, die auf den Beeten wachsen. Eines Tages sah ich Kerstin, wie sie fast alle Osterglocken abriss, und ich rief ihr zu:

»Lass das sein! Du weißt doch, dass du sie nicht pflücken darfst!«

»Doch darf ich, sie sind ja wild«, sagte Kerstin. »Sie sind danz wild.«

»Danz« sagt Kerstin und meint »ganz«.

Britta, Inga und ich nahmen Kerstin mit, setzten sie in ihren kleinen Wagen und zogen mit ihr in den Wald. Dort konnte Kerstin so viele

Anemonen und Leberblümchen pflücken, wie sie nur wollte. Sie pflückte einige Blumen, aber dann schüttelte sie den Kopf und sagte: »Die hier sind nicht danz so wild wie die anderen.«

Draußen am Waldrand haben Britta, Inga und ich uns eine Spielwohnung eingerichtet. Das machen wir immer, wenn der Frühling kommt. Als Tisch haben wir eine Kiste, zum Sitzen haben wir Hocker, eine andere Kiste ist unser Schrank und in dem Schrank steht mein Puppenservice.

Wir hatten Kerstin in unsere Wohnung mitgenommen und es gab Saft und Wecken, die wir von Mama bekommen hatten. Das schmeckte uns gut.

Gerade als wir dort saßen und Saft tranken, sahen wir im Gras einen Igel. Kerstin wollte ihn streicheln.

»Nein«, sagte Britta, »der sticht.«

Aber Kerstin streichelte ihn trotzdem. Und dann schrie sie und war uns böse. Als ob wir etwas dafür konnten, dass der Igel Stacheln hatte.

Im Bach, der durch die Wiese fließt, ließen Lasse, Bosse und Ole Borkenboote schwimmen. Wir gingen mit Kerstin dorthin, weil sie die Borkenboote sehen und mit Weinen aufhören sollte. Aber es dauerte gar nicht lange, da setzte sie sich mitten in den Bach. Und dann schrie sie so laut, dass es ihre Mama zu Hause hören konnte. »Kleine Kinder sollte man einsperren, wenn der Frühling kommt«, sagte Lasse. »Sobald sie nur Wasser sehen, setzen sie sich hinein.«

Gerade als er das gesagt hatte, rutschte er auf einem Stein aus und fiel selber in den Bach. Da lachten wir alle und Ole sagte:
»Ja, ja, kleine Kinder sollte man einsperren, wenn der Frühling kommt. Sobald sie nur Wasser sehen, setzen sie sich hinein.«
Dann nahm Ole Kerstin auf den Rücken und ging mit ihr nach Hause. Kerstin schrie die ganze Zeit, sodass man es überall in Bullerbü hören konnte.

Im Frühling ist es auf allen Wegen nass. Wenn wir von der Schule nach Hause gehen, ist der Weg manchmal voller Pfützen. Das Wasser spritzt um die Gummistiefel und es macht uns Spaß, durch die größten Pfützen zu plantschen, die wir finden können. Manchmal steigen die Jungen auch in den Graben, aber dabei kann es passieren, dass sie Wasser in die Stiefel bekommen.
Manchmal versuchen wir, eine größere Strecke auf dem Holzzaun zu gehen. Einmal kam eine Frau vorbei und sah uns zu. Sie glaubte, dass wir auf dem Zaun gingen, um keine nassen Füße zu bekommen. Sie konnte nicht verstehen, dass wir es nur zum Spaß machten.
»Wer hat gesagt, dass man nur auf Wegen gehen soll?«, fragte Lasse hinterher.
»Das war bestimmt irgendein Erwachsener«, sagte Bosse und lachte.
Und das glaube ich auch.
Wir haben viele Tiere in Bullerbü: Pferde und Kühe und Schweine und Schafe und Hühner und Katzen. Außerdem hat Ole einen Hund, der heißt Swipp. Im Frühling werden viele Kälber und Ferkel

und Lämmer und Küken in Bullerbü geboren. Und auch ein oder zwei Fohlen. Jeden Morgen gehen wir in den Stall, um zu sehen, ob in der Nacht ein neues Junges dazugekommen ist.
Eines Morgens geschah etwas Wunderbares. Ich bekam ein Lämmchen von Papa und er sagte, es sollte mein eigenes sein. Das kleine Lamm hatte keine Mama mehr und ich sollte seine Pflegemutter sein.

»Du musst ihm Milch mit der Flasche geben, genau wie einem Wickelkind«, sagte Papa.
Ich taufte mein Lämmchen Pontus.
»Wenn du einmal keine Lust haben solltest Pontus zu füttern, dann kann ich dir helfen«, sagte Inga.
Aber da sagte ich: »Haha, du glaubst doch wohl nicht, dass ich die Lust verliere mein Lämmchen zu füttern?«
Als Papa mir Pontus schenkte, konnte ich noch nicht ahnen, dass Lämmchen immer hungrig sind. Manchmal kommt Pontus sogar in die Küche, wenn ich gerade Milch für ihn wärme, weil es ihm zu lange dauert. Aber das mag unsere Katze nicht, denn sie findet, dass ein Lämmchen nicht in die Küche gehört.
In Bullerbü haben wir einen Widder, der heißt Ulrich und er ist bösartig. Eines Tages hatte Papa die Schafe hinaus auf die Weide gebracht. Wir gingen alle dorthin, um Pontus zu füttern. Aber als ich Ulrich in der Herde entdeckte, erschrak ich und sagte:

»Jetzt wage ich es nicht, auf die Weide zu gehen.«
»Aber ich!«, sagte Lasse. »Her mit der Babyflasche!«
Ich gab ihm die Flasche und er kletterte über den Zaun. Da kam Ulrich ihm entgegen und er sah sehr angriffslustig aus.
»Du glaubst doch nicht etwa, dass ich Angst vor dir habe«, rief Lasse. Doch dann drehte er sich um und lief, so schnell er konnte, davon und Ulrich hinter ihm her. Lasse konnte sich gerade noch rechtzeitig über den Zaun werfen, da fuhr Ulrich mit seinen Hörnern in den Zaun, dass es krachte.
»Du glaubst doch nicht etwa, dass ich Angst vor dir habe«, sagte Lasse keuchend noch einmal.
»Nein, nein, auf dieser Seite des Zauns bestimmt nicht«, sagte Bosse.
Nachdem Papa Ulrich angebunden hatte, damit Pontus seine Mahlzeit bekommen konnte, sagte Bosse zu Lasse:
»Du bist kein bisschen mutig, Lasse!«
»Das bin ich doch«, behauptete Lasse.
Nun wetteiferten die Jungen, wer der Mutigste sei.
»Ich wage es, vom Holzschuppendach zu springen«, sagte Lasse.
»Ich auch«, antwortete Bosse.
»Und ich auch«, sagte Ole.
Und dann sprangen alle drei vom Dach des Holzschuppens.
Später sagte Lasse: »Ich wage es, auf dem Stier zu reiten!«
Unser Stier ist bestimmt der netteste, den es in ganz Schweden gibt. Er stand angebunden vor dem Kuhstall und verzog keine Miene, als Lasse auf seinen Rücken kletterte. Er bewegte sich nicht einmal von der Stelle. Daher wurde nicht viel aus der Reiterei.
»Haha, das wage ich auch«, rief Bosse.
»Und ich auch«, sagte Ole.
Und sie kletterten hinter Lasse auf den Rücken des Stiers.

Aber da sagte Britta: »Ich wage es, auf dem Kuhstalldach entlangzugehen.«
An der Giebelseite vom Kuhstall stand eine Leiter und Britta kletterte tatsächlich auf das Dach hinauf. Aber gerade als sie auf dem Dach stand, öffnete ihre Mutter das Küchenfenster und schrie:
»Bist du verrückt, Britta? Komm sofort herunter!«
Da stieg Britta, so schnell sie konnte, die Leiter wieder herunter. Auf

einmal sahen wir Kerstin. Sie stand hinter uns und zog und zerrte unsere Katze am Schwanz.
»Ich wage es, die Katze festzuhalten«, sagte sie.
Aber da sagte ich: »Bist du verrückt! Lass das sofort bleiben!«
»Ist hier noch jemand, der mutig ist?«, fragte Britta.
Und Lasse antwortete: »Ich finde uns alle ziemlich mutig!«
Nachher spielten wir Verstecken mit Oles Hund Swipp. Er ist so klug und er bekommt immer heraus, wo wir uns verstecken. Und wenn er jemanden gefunden hat, bellt er so laut, wie er kann. Kerstin war auch dabei und spielte mit. Sie stellte sich zwei Meter von Swipp entfernt hin und hielt sich die Hände vor die Augen. Sie glaubte, dass Swipp sie so nicht sehen konnte. Aber Swipp verstand nicht, dass Kerstin auch Verstecken spielte, deshalb suchte er nicht ein bisschen nach ihr.
Als es dämmerte, kam Papa und zündete einen Laubhaufen an, den wir zusammengeharkt hatten.
»Wir wollen ein kleines Frühlingsfeuer machen«, sagte er.
»Hurra!« und »Oh, wie schön!«, riefen wir alle.
Wir tanzten und sprangen um das leuchtende Feuer herum und wir spielten, wir wären Indianer, und schrien und heulten, dass man es über ganz Bullerbü hören konnte. Nur Kerstin stand stumm dabei.
»Ihr seid ja völlig wild geworden, Kinder«, sagte Papa.
»Ja, danz völlig wild«, sagte Kerstin.
Aber ich glaube, so sind alle Kinder im Frühling.
Jedenfalls wir Kinder aus Bullerbü.

Weihnachten in Bullerbü

Ich heiße Lisa und ich wohne in Bullerbü.
Hier in Bullerbü, wo wir wohnen, gibt es drei Höfe, den Nordhof, den Mittelhof und den Südhof.
Im Nordhof wohnen Britta und Inga, und im Mittelhof wohnen Lasse, Bosse und ich, und im Südhof wohnen Ole und seine kleine Schwester Kerstin.

So sieht es im Winter in Bullerbü aus.
Zu Weihnachten ist es ganz besonders schön hier in Bullerbü. Sogar die Spatzen haben es dann gut, denn wir stellen Weihnachtsgarben für sie auf. Und für die Dompfaffen natürlich auch und für alle anderen kleinen hungrigen Vögel.
Wir Kinder aus Bullerbü haben es Weihnachten auch gut, viel besser noch als die Spatzen. Und jetzt will ich erzählen, wie es letztes Weihnachten hier in Bullerbü war.
Drei Tage vor Weihnachten backten wir Pfefferkuchen. Dabei geht es fast so lustig und fröhlich zu wie am Weihnachtsabend. Das war ein Geruch von Pfefferkuchen in ganz Bullerbü an diesem Tag!

»Diese Art Geruch habe ich gern«, sagte Lasse. Er backte neunzehn Pfefferkuchenschweine und ich backte vierzehn und Bosse elf. Aber wir machten auch Herzen und Sterne und andere Figuren.

Wenn es Weihnachten wird, müssen alle Kinder aus Bullerbü mithelfen. Einen ganzen Tag brachten wir damit zu, Feuerholz mit dem Holzschlitten hereinzuholen.

»Wir können doch nicht all dies Holz verbrennen«, sagte Ole plötzlich. »Das ist doch schon viel zu viel.«

Aber das sagte er nur, weil er keine Lust mehr hatte und nicht länger

mitmachen wollte. Da sagte Oles Mama: »Wir können hier keinen Faulpelz brauchen mitten in den Weihnachtsvorbereitungen. Jetzt müssen alle mithelfen.«
Außer Kerstin natürlich. Sie saß hoch oben auf der Holzfuhre und lachte und war vergnügt. Sie ist ja noch so klein.
Am Tag vor dem Weihnachtsabend fuhren wir in den Wald und suchten uns Weihnachtsbäume aus. Vier Tannen brauchen wir in Bullerbü – denn jeder Hof soll eine Tanne haben und außerdem bekommt Großvater eine eigene kleine Tanne. Mein Vater schlug drei Tannen, aber Lasse schlug Großvaters Tanne. Britta und Inga fuhren sie auf ihrem Schlitten nach Hause.
Als wir auf dem Heimweg waren, kam uns Oles Hund entgegen. Er bellte Ole an.
»Das kommt nur daher, weil wir ihn nicht mit in den Wald genommen haben«, sagte Ole.
Am Abend gingen wir von Hof zu Hof und sangen Weihnachtslieder vor den Fenstern.
»Alles ist so schön und weihnachtlich, dass ich fast Magenschmerzen bekomme«, sagte Inga.

Großvater ist eigentlich nur Brittas und Ingas Großvater. Aber er gehört uns auch.

»Wenn es nicht mehr Kinder sind, als es hier in Bullerbü gibt, dann reiche ich für alle«, sagt Großvater.

Wir waren in seinem Zimmer und schmückten seine Tanne und Inga erzählte ihm, wie schön der Weihnachtsbaum geworden war. Denn Großvater kann kaum noch sehen.

»Aber ich kann mir genau vorstellen, wie der Baum aussieht«, sagte er. »Außerdem kann ich ihn auch riechen.«

»Kannst du auch riechen, wie rot die Äpfel sind?«, fragte Inga.

An diesem Abend ging ich unruhig ins Bett, denn ich fürchtete,

Mama würde nicht mit allen Vorbereitungen fertig werden. Diesmal wird es wohl kein richtiges Weihnachten, dachte ich.
Aber als ich am nächsten Morgen aufwachte, war ich ganz überrascht. Oh, unten im Zimmer stand der Weihnachtsbaum fertig geschmückt und es brannte ein Feuer im Kamin und alles war so herrlich.
Der Heilige Abend ist wohl der längste Tag im ganzen Jahr, jedenfalls der Vormittag.
»Diese Stunden, in denen man nur so herumsitzt und wartet und wartet, die sind es, von denen man grauhaarig wird«, sagte Lasse.
Es schneite den ganzen Tag. Wir setzten uns Weihnachtsmannmützen auf und liefen mit kleinen Weihnachtsgeschenken hinüber zu Britta und Inga und zu Ole und Kerstin und guckten uns ihre Weihnachtsbäume an. Überall war es weihnachtsfein. Inga und Britta waren gerade dabei, ihre Weihnachtsgeschenke zu versiegeln, daher roch es im ganzen Haus nach Siegellack.
Zu Weihnachten essen wir viel. Wir sitzen um den großen Küchentisch herum und essen und essen. Schinken und Wurst und Kompott und Stockfisch und Grütze und viele andere gute Dinge.

Nach dem Essen setzten wir uns ins Wohnzimmer und Papa las uns die Weihnachtsgeschichte vor und dann sangen wir: »O du fröhliche, o du selige Weihnachtszeit.«

Plötzlich rief Lasse: »Oh, der Weihnachtsmann kommt!« Wir liefen ans Fenster und sahen hinaus. Und dort draußen in der Dunkelheit stand der Weihnachtsmann mit seinem Schlitten, voll beladen mit Weihnachtsgeschenken. Er trug eine Laterne in der Hand, damit er den Weg fand.

»Ich habe fast ein bisschen Angst«, sagte Bosse.

»Ich nicht«, sagte Lasse. »Wir bekommen doch Weihnachtsgeschenke. Weshalb soll man da Angst haben?«

Wir bekamen viele Weihnachtsgeschenke. Ich bekam mehr, als ich mir gewünscht hatte.

Nachdem wir unsere Geschenke angesehen hatten, tanzten wir um den Weihnachtsbaum. Alle aus ganz Bullerbü kamen zu uns und tanzten mit uns um unseren Baum. Sogar Großvater kam, wenn er auch nicht tanzte. Er saß auf seinem Stuhl und sagte »hmhmjaja«. Aber wir anderen tanzten und sangen umso mehr.

Wir knackten auch Nüsse und aßen Apfelsinen und Marzipan, bis wir müde wurden und ins Bett mussten.

Am nächsten Morgen standen wir früh auf und fuhren zur Christmesse. »Ratet, was ich gern mag«, sagte Lasse. »Ich mag gern im Dunkeln Schlitten fahren und eine Fackel haben, die weit leuchtet.«

»Ratet, was ich gern mag«, sagte Bosse. »Ich mag gern Schlittengeläut und dann mag ich gern, wenn es nach Pferd riecht.«

»Ratet, was ich gern mag«, sagte ich. »Ich mag gern, wenn Weihnachten ist.«

»Ja, natürlich«, sagte Lasse. »Das mögen wohl alle Menschen gern.«

Als wir von der Christmesse nach Hause kamen, nahmen wir Kinder von Bullerbü unsere Skier und Schlitten und fuhren und fuhren den ganzen Tag. Nur Ole blieb ganz allein auf dem Nordhof-See; er hatte nämlich Schlittschuhe zu Weihnachten bekommen.
Am Abend feierten wir bei Britta und Inga. Wir spielten Blindekuh und viele andere Spiele und wir waren ganz schrecklich lustig.
Kerstin saß auf dem Tisch. Sie fürchtete sich ein bisschen vor der Blinden Kuh. Aber als sie Torte essen sollte, fürchtete sie sich gar nicht.
Oh, wie ist es schön, wenn Weihnachten ist! Ich wünschte nur, dass ein wenig öfter Weihnachten wäre.

Ein småländischer Stierkämpfer

Dies ist die Geschichte von dem großen Stier Adam Engelbrecht, der sich losriss an einem schönen Ostertag vor langer Zeit. Er wäre wohl immer noch los, wenn nicht – na ja, ihr werdet schon hören.

Adam Engelbrecht war ein Mordskerl von Stier und er wohnte in einem Kuhstall in Småland, zusammen mit einer Reihe runder Kühe und vielen kleinen netten Kälbern. Eigentlich war Adam Engelbrecht ein freundlicher und bescheidener Stier und freundlich und bescheiden war auch der Stallknecht, der den Stier in dem Kuhstall dort versorgte. Svensson hieß er und er war so freundlich, dass er einmal, als Adam Engelbrecht sich aus Versehen auf Svenssons linken Fuß stellte, es nicht übers Herz brachte, ihn wegzuschieben. Ruhig blieb er stehen und wartete, bis Adam Engelbrecht ganz von selbst auf die Idee kam, beiseite zu rücken.

Warum wird ein Stier plötzlich wütend? Warum bekam Adam Engelbrecht an dem Ostertag vor langer Zeit so entsetzlich schlechte Laune? Das wird man nie erfahren. Vielleicht hatte eins der Kälber etwas Unhöfliches zu ihm in der Kälbersprache gesagt oder vielleicht hatten die Kühe ihn geärgert. Svensson jedenfalls begriff nicht, warum Adam Engelbrecht sich ausgerechnet am blitzblanken Ostermorgen losgerissen hatte und nun wie verrückt den Stallgang entlanggedonnert kam mit einem so schrecklich wilden Ausdruck in den Augen, dass Svensson gar nicht erst wagte stehen zu bleiben, um Adam Engelbrecht zu fragen, ob er mit irgendwas unzufrieden sei. Svensson rannte um sein Leben zur Stalltür hinaus. Und Adam Engelbrecht hinterher, in wilder Raserei.

Vor dem Kuhstall lag ein Hof, der von einem Lattenzaun umgeben war. Es gelang Svensson in letzter Sekunde, durch ein Tor im Zaun zu entkommen und es genau vor der Nase des verbitterten Adam Engelbrecht abzusperren, der anscheinend entzückt gewesen wäre, seinen alten Freund auf die Hörner zu nehmen.

Es war, wie gesagt, Ostern und im Haus saß der Bauer mit seiner Familie am Tisch und aß in Ruhe und Frieden seine Osterfrühstückseier. Anschließend wollte man in die Kirche gehen. Es war ein gesegnet schöner Tag und die Kinder waren froh, vielleicht nicht so sehr, weil sie in die Kirche gehen sollten, sondern weil sie die neuen Sandalen anziehen durften und weil die Sonne schien und weil sie am Nachmittag eine Wassermühle an einem Frühlingsbach auf der Leberblümchenwiese bauen wollten. Aber daraus wurde nichts. Aus all dem wurde gar nichts und an allem war Adam Engelbrecht schuld. Unten auf dem Hof raste er mit gewaltigem Gebrüll hin und her. Draußen vorm Zaun stand Svensson, immer noch zitternd vor Schreck, und sah ihm hilflos zu.

Bald versammelten sich dort alle, die Familie des Bauern und die Mägde und Knechte und Landarbeiter, um den rasenden Stier zu sehen. Und bald verbreitete sich das Gerücht weiter im Dorf: Der Stier vom Vinästbauern hat sich losgerissen und rennt im Hof herum wie ein brüllender Löwe. Aus all den kleinen Hütten und Tagelöhnerwohnungen rundum kamen die Leute gelaufen, um sich das merkwürdige Schauspiel anzusehen. Sie fühlten sich wohl alle etwas aufgemuntert durch die Aussicht, an einem langen, stillen Ostertag eine spannende Abwechslung zu erleben.

Kalle aus der Waldhütte war einer der Ersten, die angerannt kamen, so schnell ihn seine dünnen siebenjährigen Jungenbeine tragen konnten. Er war ein kleiner småländischer Kätnerjunge, tausend anderen gleich, genauso blauäugig, genauso flachshaarig, genauso rotznäsig.

Zwei Stunden war Adam Engelbrecht nun schon los und noch immer wusste man nicht, wie man ihn zur Ruhe und Besinnung bringen sollte. Der Bauer beschloss, einen Versuch zu machen, sich ihm zu nähern. Er ging geradewegs durch das Gatter und machte einige entschlossene Schritte auf den Stier zu. Aber – oh, das hätte er nicht tun dürfen! Denn Adam Engelbrecht hatte sich nun einmal vorgenommen, an diesem Ostertag wütend zu sein, und das wollte er auch bleiben.

Mit gesenktem Schädel raste er auf den Vinästbauern los und hätte der Bauer nicht so gut laufen können, es wäre nicht auszudenken gewesen, wie es geendet hätte. Nun wurde daraus nur ein großer Riss in den feinen Kirchganghosen, bevor der Bauer sich hinter dem Gatter in Sicherheit brachte. Die Zuschauer sahen sich an und grinsten still.

Nein, das war zu dumm! Drinnen im Kuhstall begannen die Kühe zu muhen. Sie fanden, dass es Zeit war, gemolken zu werden. Aber wer konnte sich quer über den Hof wagen, um in den Kuhstall zu gelangen? Keiner!

»Denkt nur, wenn Adam Engelbrecht nun mal immer wütend sein will, solange wir leben«, sagten die kleinen Kinder. Das war ein schrecklicher Gedanke. Was sollte aus dem Versteckenspielen im Kuhstall an den Winterabenden werden? Der Ostertag ging weiter, die Sonne schien, Adam Engelbrecht war wütend. Vor dem Zaun wurden sorgenvolle Beratungen abgehalten. Konnte man sich dem Stier mit einer langen Stange nähern und sie an seinem Nasenring festhaken? Oder musste man ihn etwa abschießen, verrückt, wie er war? So konnte es doch nicht weitergehen. Im Kuhstall muhten die Kühe, weil ihre Euter übervoll waren.

Die Sonne schien, der Himmel war blau, die Birken hatten ihre ersten gekräuselten kleinen Blätter bekommen – alles war so lieblich, wie es nur sein kann an einem Ostertag in Småland.

Aber Adam Engelbrecht war wütend.

Oben auf dem Lattenzaun saß Kalle, ein kleiner, rotznäsiger småländischer Kätnerjunge, nur sieben Jahre alt.

»Adam Engelbrecht«, sagte er, »komm her, ich will dich zwischen den Hörnern kraulen!«

Das heißt, eigentlich sprach er so:

»Adam Engelbrecht, kommhea, 'ch will'ich zwischenne Höna kraun!«

Denn er konnte nur echtes Småländisch sprechen, und das war ja wohl auch die einzige Sprache, die Adam Engelbrecht verstand. Aber wenn Adam Engelbrecht sie auch verstand, hören wollte er nicht darauf. Jedenfalls jetzt nicht. Er wollte nur wütend sein. Aber ununterbrochen war diese zärtliche Jungenstimme zu hören:

»Adam Engelbrecht, kommhea, 'ch will'ich zwischenne Höna kraun!«

Vielleicht war es auf die Dauer gar nicht so lustig, wütend zu sein, wie Adam Engelbrecht sich das gedacht hatte.

Adam Engelbrecht begann zu zweifeln. Und während er zweifelte, näherte er sich dem Zaun, auf dem Kalle saß. Und Kalle kraulte ihn mit seinen kleinen, dreckigen Kätnerjungenfingern zwischen den Hörnern. Die ganze Zeit über plapperte er dabei kleine, freundliche Worte. Adam Engelbrecht sah ein wenig beschämt aus, wie er so dastand, ganz still, und sich kraulen ließ. Aber still stand er. Da packte Kalle ihn am Nasenring und dann kletterte er über den Zaun.

»Bist du von Sinnen, Junge?«, rief jemand.

Aber Kalle führte Adam Engelbrecht langsam und beinahe würdevoll am Nasenring zur Kuhstalltür. Adam Engelbrecht war ein großer, ein sehr großer Stier und Kalle war ein kleiner, ein sehr kleiner Junge und sie waren ein rührendes Paar, wie sie so über den Hof gingen. Die, die es sahen, vergaßen es nie.

Der Matador eines spanischen Stierkampfes hätte keine stürmischeren Beifallsrufe bekommen können als Kalle, wie er zurückkam aus dem Kuhstall, wo er Adam Engelbrecht in seine Box gebracht hatte.

Ja, stürmische Beifallsrufe und zwei Kronen bar und eine Tüte mit zwanzig Eiern waren der Lohn für den jungen Stierkämpfer.

»Chbn a Stiere gwönt, nem se nur eifach min bchen Höflichkeit«, sagte er erklärend auf Småländisch, was so viel hieß wie:

»Ich bin an Stiere gewöhnt, nehme sie nur einfach mit ein bisschen Höflichkeit.«

Dann drehte er sich auf dem Absatz um und ging nach Hause mit den zwei Kronen in der Hosentasche und der Eiertüte in der Hand, recht zufrieden mit seinem Ostertag.

Da ging er, ein kleiner småländischer Stierkämpfer, zwischen hellen, hellen grünen Birken.

Etwas Lebendiges für den lahmen Peter

Große Schwester Annastina und kleine Schwester Stummelchen saßen in der Küche unter dem Klapptisch. Das war ein ausgezeichneter Platz für die, die klein waren und ihre Ruhe haben wollten. Man saß wie in einem kleinen Zimmer, ganz für sich allein. Nur Schnurrchen, die schwarze Katze, kam manchmal und rieb sich zärtlich an Stummelchen. Und Schnurrchen war herzlich willkommen. Manchmal musste sie sogar als Wickelkind dienen, wenn Puppen nicht ausreichten. Aber eigenartigerweise wollte Schnurrchen nicht eingewickelt im Puppenbett liegen, und das auch nicht, obwohl Stummelchen ihr den »Zuckerbäcker« vorsang.

Annastina sagte, Katzen verstehen nicht viel von Liedern. Und dann war es wohl so, dachte Stummelchen, denn Annastina wusste alles und konnte alles, und alles, was Stummelchen selbst konnte und wusste, das hatte sie von Annastina gelernt. Nur etwas hatte sie allein gelernt: Sie konnte zwischen den Vorderzähnen pfeifen, das konnte Annastina nicht. Aber bis zwanzig zählen und alle Buchstaben wieder erkennen und das »Vaterunser« beten und Purzelbaum schlagen und in den Kirschbaum klettern – das hatte sie von Annastina gelernt.

Annastina saß da und biss in einen ihrer Zöpfe. Das tat sie immer, wenn sie nachdachte.

»Stummelchen, es ist nur noch eine Woche bis Weihnachten. Wenn sich Schnurrchen nicht beeilt, werden wir ewig todunglücklich!«

Stummelchen sah verängstigt aus und sperrte die Augen auf.
»Werden wir das, Annastina? Werden wir ewig todunglücklich? Wer macht, dass wir das werden?«
»Ach, so sagt man doch nun mal«, antwortete Annastina und da verstand Stummelchen.
Manchmal sagte Annastina: »Ich bin so wütend, dass ich platzen könnte!« Aber sie platzte nie und dann war es wohl auch nicht so gefährlich mit dem »ewig todunglücklich werden«. Stummelchen hatte Annastina einmal ganz vorsichtig gefragt, ob es einen sehr lauten Knall geben würde, wenn sie platze; aber da hatte Annastina gesagt, Stummelchen sei ein dummes Ding, das nichts verstehe.
Annastina sah Schnurrchen streng in die Augen und fragte:
»Wie ist es nun? Bekommst du nun Kätzchen oder nicht? Denn

wenn du sie nicht vor Weihnachten kriegst, brauchst du gar keine mehr zu kriegen!«

»Sag doch so etwas nicht, Annastina!«, bat Stummelchen flehentlich. »Vielleicht kriegt sie dann wirklich keine und ich mag doch kleine Katzen so gern.«

»Ja, wer mag sie nicht?«, sagte Annastina. »Lahm-Peter zum Beispiel mag sie sicher mehr als jeder andere. Aber jetzt kommt es eben auf Schnurrchen an...«

Fast schien es, als verstehe Schnurrchen jedes Wort, das Annastina sagte, denn sie verschwand beleidigt durch die Küchentür.

»Ob wir mal hinaufgehen und Lahm-Peter etwas aufmuntern?«, schlug Annastina vor.

Stummelchen gab der Schlafpuppe Viktoria einen Abschiedskuss und folgte Annastina.

Lahm-Peter wohnte ganz oben unter dem Dach im Haus des Malermeisters. Der Malermeister, das war Annastinas und Stummelchens Papa. Ein kleines Kämmerchen und eine kleine Küche hatten Lahm-Peter und seine Mama unter dem Dach gemietet. Lahm-Peter war sechzehn Jahre alt. Als kleines Kind war er einmal sehr krank gewesen und seitdem waren seine Beine lahm.

Er konnte also ein wenig Aufmunterung brauchen, wenn er den ganzen Tag allein in seiner Kammer lag, während seine Mama weg war und bei anderen Leuten sauber machte.

»Kein lebendiges Wesen außer uns muntert ihn auf«, sagte Annastina zufrieden, während sie die Treppe hinaufkletterten und an Lahm-Peters Tür klopften. Lahm-Peter freute sich sehr, als er Annastina und Stummelchen sah.

»Wir kommen dich aufmuntern«, sagte Stummelchen ziemlich atemlos.

»Das ist nett«, sagte Lahm-Peter. »Fangt an!«

»Findest du es lustig, dass bald Weihnachten ist?«, fragte Annastina – so als kleine Einleitung.
»Allerdings«, antwortete Lahm-Peter.
»*Allerdings*?« Stummelchen war entrüstet. »Ich finde es *unerhört* lustig!«
»Was wünschst du dir zu Weihnachten?«, fragte Annastina weiter. »Etwas Lebendiges wie immer?«
»Ja«, sagte Lahm-Peter mit einem Seufzer, »ja, etwas Lebendiges. Aber das bekomme ich nie...«
»Weiß man nicht«, sagte Annastina und sah sehr geheimnisvoll aus.
»Weiß man nicht«, sagte auch Stummelchen und dann kicherten und flüsterten sie eine lange Zeit miteinander. »*Wenn* du etwas Lebendiges bekommen solltest«, fuhr Annastina fort, »was würde dir dann am allerbesten gefallen? Eine Katze vielleicht? Oder ein Hund? Oder eine kleine Schlange?«, setzte sie hinzu, um Lahm-Peter etwas zu verwirren, damit er nichts ahnte.
»Nein, pfui, keine Schlange!«, sagte Lahm-Peter. »Bloß nicht! Aber eine Katze oder ein Hund... das wäre...« Er seufzte sehnsuchtsvoll. Ein warmes kleines Knäuel, das auf seiner Bettdecke lag und ihm Gesellschaft leistete – so etwas wünschte er sich schon lange.
»Vielleicht kriegst du doch noch mal eine kleine Schlange«, sagte Annastina. Und dann lachten sie und Stummelchen los, dass sie fast erstickten.
Aber denkt nur, wie eigensinnig Schnurrchen sein konnte! Ein Tag nach dem anderen verging und von Jungen war nichts zu sehen. Annastina und Stummelchen backten Pfefferkuchen und kochten Sirupbonbons und arbeiteten an der Kreuzstichdecke für Mama und machten die Puppenstuben weihnachtsfein – während sie warteten. Nachts schlief Schnurrchen draußen in der Malerwerkstatt. Jeden Morgen kam sie ins Haus und bekam von Annastina und

Stummelchen ihr Frühstück. Aber zwei Tage vor Weihnachten war sie verschwunden. Annastina und Stummelchen warteten vergeblich auf sie. Erst als sie beim Mittagessen saßen, kam Schnurrchen. Annastina stieß Stummelchen in die Seite und zeigte auf Schnurrchen. Stummelchen begriff nichts.

»Die Sache ist in Ordnung!«, flüsterte Annastina.

Und nun sah Stummelchen, dass Schnurrchen ganz anders aussah. Das konnte nur eines bedeuten: Schnurrchen hatte ihre Jungen bekommen. Stummelchen freute sich so, dass sie einen kleinen Klecks Blaubeerkrem auf die Tischdecke fallen ließ.

Aber hatten sie sich nicht zu früh gefreut? Sicherlich hatte Schnurrchen die Jungen bekommen, aber *wo* hatte sie sie bekommen? Schnurrchen war eine kluge Katzenmutter und fand es besser, einige Tage zu warten, bevor sie ihre Kinder den harten Händen von Annastina und Stummelchen überließ.

Ach, Schnurrchen konnte doch nicht wissen, wie schrecklich wichtig das mit Heiligabend war!

»Wir werden sie schon überlisten«, sagte Annastina.

Und Annastina und Stummelchen setzten sich, um Schnurrchen zu bewachen. Schnurrchen hatte keine Eile. Als sie gefressen hatte, legte sie sich bequem am Küchenherd zurecht und begann zufrieden zu schnurren. Die ersten zehn Minuten saßen Annastina und Stummelchen auch hartnäckig an ihrer Seite. Die folgenden zehn Minuten teilten sie ihre Aufmerksamkeit zwischen Schnurrchen und den Puppen unter dem Küchentisch. Danach kam Mama und fragte, ob die Mädchen nicht jedes ein Messer nehmen und die Kokosberge vom Backblech lösen wollten. Das wollten sie natürlich sehr gern; denn wenn ein Kokosberg zerbrach, durften sie ihn aufessen. Und als alle Kokosberge vom Backblech gelöst waren, ja, da war Schnurrchen weg.

»Ich bin so wütend, dass ich platzen könnte!«, rief Annastina. Und sie stürzten hinaus in die Werkstatt und suchten. Nicht einmal die Schwanzspitze von Schnurrchen! Söderquist, der Papa in der Werkstatt half, stand dort und malte feine Rosen auf einen Schrank. Stummelchen fragte, ob er Schnurrchen gesehen hätte. Aber nein – Söderquist machte einen flotten Schnörkel mit dem Pinsel –, er hatte nichts Katzenähnliches gesehen. Nun, dann vielleicht im Holzschuppen? Oder in der Waschküche? Nein, nirgendwo auch nur ein Schimmer von Schnurrchen!

Annastina ging missmutig ins Haus und begann in der »Biblischen Geschichte« zu lesen. Aber Stummelchen wollte nicht so leicht aufgeben. Wenn sie, Stummelchen, es nun war, die die Kätzchen doch noch fand? Stummelchen runzelte die Augenbrauen und dachte nach. Wo konnte man noch suchen? Auf wackligen Beinen kletterte sie die Treppe zum Werkstattboden hinauf. Das war ein gefährliches Unternehmen. Die Treppe war so steil und Stummelchen war so klein. Dort oben standen leere Kisten und Pappschachteln und eine Menge anderer Kram. Und dort, in Holzwolle gekuschelt, lag Schnurrchen in einer Kiste und bei ihr drei kleine schwarze Katzenkinder.

»Wie sollen sie heißen?«, fragte Stummelchen später, als sie und Annastina die Kleinen im Triumph in die Küche geschleppt hatten. Annastina warf einen Blick in die »Biblische Geschichte«. »Sadrach, Mesach und Abednego«, sagte sie bestimmt. »Genau wie die drei Männer im feurigen Ofen. Das sind stattliche Namen. Dieser hier mit dem weißen Fleck auf der Stirn, das ist Sadrach. Er ist am süßesten. Den schenken wir Lahm-Peter.«

»So bekommt er doch noch etwas Lebendiges«, sagte Stummelchen mit verträumtem Blick.

Lahm-Peter musste auch fast den ganzen Heiligabend allein blei-

ben. Seine Mama konnte nicht vor dem späten Abend zurück sein. Die Zeit verging so langsam. Es begann dunkel zu werden und Lahm-Peter überlegte, ob er Licht machen sollte. Da hörte er ein wohl bekanntes Rumoren auf der Treppe.
Jetzt kommen die kleinen Engel, um mich aufzumuntern, dachte Lahm-Peter und sah erwartungsvoll zur Tür.
Ja, sicher waren das *beinahe* zwei kleine Engel, die dort in der Türöffnung standen. Nur Engel können so strahlende Augen haben und so rote, runde Backen. Der eine Engel trug einen Leuchter in der Hand und der andere Engel trug einen Korb. Die Lichter warfen einen glänzenden Schimmer über Lahm-Peters Kammer. Es wurde auf einmal Weihnachten.
»Du bekommst was Lebendiges!«, schrie Stummelchen hingerissen und streckte den Korb vor.
»Mach ihn auf«, schrie Annastina. »Auf jeden Fall ist es keine Schlange. Du brauchst keine Angst zu haben.«
Lahm-Peter, der etwas »Lebendiges« so gern hatte, drückte freudestrahlend den kleinen schwarzen Sadrach an seine Brust.
Nun würde er nie mehr einsam sein.

Aber man kann nicht so viele Katzen haben, wie man will, das erklärte Mama geduldig ihren kleinen Mädchen. Und deshalb steht jetzt ein kleines weißes Kreuz unter dem Kirschbaum im Garten des Malermeisters. Und auf dem Kreuz steht mit Buntstift in ziemlich schiefen Buchstaben geschrieben:

Hir ruhen Mesach und Abednego,
tihf betrauert von
Annastina, Stummelchen und filen
anderen Katzen.

Polly hilft der Großmutter

Ich wünschte, ihr könntet das Haus sehen, in dem Polly wohnte. Oh, es war so klein und niedlich, dass man es beinahe für ein Märchenhaus halten konnte, in dem Zwerge oder Kobolde wohnen. Das Haus lag an einer engen, abfallenden Kopfsteinpflasterstraße im allerärmsten Teil der Stadt. Ja, es war wirklich eine arme Straße und die anderen Häuser dort waren nicht viel feiner als Pollys Haus.

Pollys Haus – was sage ich? Natürlich war es nicht Polly, die in diesem Haus schaltete und waltete. Das tat Großmutter. Großmutter, die Bonbons kochte und sie dann jeden Samstag auf dem Markt verkaufte. Ich nenne es aber trotzdem Pollys Haus. Wenn man vorbeiging, saß Polly immer auf der Treppe zur Straße. Sie hatte die braunsten und fröhlichsten Augen und die rosigsten Wangen, die jemals irgendein Kind gehabt hat. Und dann sah sie – was soll ich sagen? –, sie sah so patent aus.

Ja, genau, patent! Deswegen hatte ihre Großmutter natürlich auch den Einfall gehabt, sie »Polly patent« zu nennen.

Großmutter sagte, Polly habe schon damals, als sie drei Monate alt war und in einem Körbchen lag, patent ausgesehen. Das Körbchen war eines Tages bei Großmutter abgestellt worden mit dem Bescheid, sie möchte sich um die Kleine kümmern, denn es gab niemanden anders, der es tat.

Oh, das Haus, wie war es nett! Zwei kleine Fenster gingen auf die

Straße hinaus und dort konnte man oft eine Nasenspitze und zwei fröhliche braune Augen sehen. Hinter dem Haus, gut beschützt durch einen hohen grünen Zaun, lag ein kleiner Garten. Falls man es nun einen Garten nennen kann, wenn nur Platz für einen Kirschbaum und einige Stachelbeersträucher ist. Es gab natürlich auch ein kleines grünes Stückchen Rasen und da saßen im Frühling, wenn es warm und sonnig war, Polly und die Großmutter und tranken Kaffee. Das heißt: Großmutter trank den Kaffee. Polly tauchte nur Würfelzucker in Großmutters Kaffeetasse. Und dann warf sie den Spatzen, die auf dem Gartenweg umherhüpften, dort, wo die Schneeglöckchen wuchsen, Brotkrumen zu.

Polly fand Großmutters Haus richtig gut, obwohl es so klein war. Abends, wenn sie auf das Küchensofa gekrochen war, wo sie schlief, und Großmutter am Küchentisch saß und Bonbonpapier zuschnitt, sprach Polly mit heller und klarer Stimme ihr Abendgebet:

Ein Engel geht, von Gott gesandt,
ums Haus, zwei Kerzen in der Hand.
Er trägt ein Buch, er winkt mir zu.
Jetzt schlaf ich ein in guter Ruh.

Polly war sehr froh, dass der Engel während der Nacht um ihr Haus ging. Es war irgendwie beruhigend. Sie war nur ein wenig in Sorge, wie er das alles tragen konnte, zwei Kerzen und ein Buch. Sie hätte sehr gern gesehen, wie er das machte und wie er dabei auch noch winken konnte. Und wie war er über den Zaun gekommen? Polly sah oft aus dem Fenster in den Garten. Vielleicht würde sie den Engel doch einmal sehen. Bis jetzt war es ihr noch nie geglückt. Sicher kam er immer erst, wenn Polly schon eingeschlafen war.

Als das geschah, wovon ich jetzt erzählen will, war Polly noch keine sieben Jahre alt. Was geschah, war nicht besonders merkwürdig. Großmutter rutschte auf dem Küchenfußboden aus und verletzte sich am Bein. Merkwürdig war das nicht, denn so etwas passiert alle Tage. Aber es war nur noch eine Woche bis Weihnachten!
Denkt nur, was wurde aus den vielen Bonbons, die auf dem Weihnachtsmarkt verkauft werden sollten? Wer sollte das machen, wenn Großmutter im Bett lag und das Bein nicht bewegen konnte, ohne vor Schmerzen fast zu schreien? Wer sollte den Weihnachtsschinken kochen und die Weihnachtsgeschenke einkaufen und das Haus weihnachtsfein machen?

»Das mache *ich*«, sagte Polly.
Ich habe ja gesagt, sie war ein patentes Kind.
»Achachach«, sagte Großmutter in ihrem Bett, »gutes Kind, das kannst du doch nicht. Wir werden Frau Larsson fragen müssen, ob sie sich über Weihnachten um dich kümmern will. Und dann werden wir sehen, ob ich nicht ins Krankenhaus kommen kann.«
Da sah Polly patenter aus als je zuvor. Sollte sie Weihnachten bei Larssons sein? Und Großmutter im Krankenhaus? Sollten Großmutter und Polly nicht Weihnachten so feiern, wie sie es gewohnt waren? Doch, das würden sie!, sagte Polly. Bald sieben Jahre alt und mit den braunsten und fröhlichsten Augen der Welt.
Und dann begann sie mit dem Weihnachtsgroßreinmachen. Sie musste natürlich zuerst Großmutter fragen: Wie macht man Weihnachtsgroßreinmachen?
Polly hatte nur eine schwache Vorstellung davon, dass man das ganze Haus auf den Kopf stellte, sodass die Möbel in wüstem Durcheinander herumstanden und alles so ungemütlich wie möglich wurde. Dann stellte man alles wieder zurecht und dann war es Weihnachten.
Großmutter meinte: »In diesem Jahr nehmen wir es nicht so genau. Wir kümmern uns nicht darum, die Fenster zu putzen.«
Aber davon wollte Polly nichts hören. Ohne saubere Gardinen konnte gar nicht Weihnachten sein und saubere Gardinen konnte man doch nicht vor schmutzige Fenster hängen.
Frau Larsson kam und half ein bisschen, das tat sie. Sie schrubbte den Fußboden in der kleinen Küche und in dem kleinen Zimmer. Es gab nur ein einziges Zimmer. Sie putzte auch die Fenster. Aber alles andere machte Polly.
Ihr hättet sehen sollen, wie sie herumlief mit einem Tuch um den Kopf und einem Staublappen in der Hand! Sie sah so patent aus,

dass man es sich gar nicht vorstellen kann. Sie steckte saubere Gardinen auf. Sie legte Flickenteppiche auf den Küchenfußboden und staubte alle Möbel ab. Und zwischendurch musste sie alles liegen lassen und Kaffee für Großmutter kochen und Wurst und Kartoffeln braten. Sie musste selber Feuer im Herd anmachen. Ein Glück, dass es ein so guter Herd war! Polly stopfte Zeitungspapier und Holz hinein und blies. Und dann horchte sie aufgeregt, ob es knisterte. Und wie es knisterte! Großmutter bekam ihren Kaffee und sie wiegte den Kopf und sagte:
»Mein gutes Kind, wie sollte ich ohne dich fertig werden!«
Und Polly saß auf der Bettkante, einen großen Rußfleck auf der Nase, und tauchte ein Stück Zucker in Großmutters Kaffeetopf, bevor sie wieder ans Reinmachen ging.
Ja, aber nun die Bonbons, die schon fertig waren und auf dem Markt verkauft werden sollten? Wer sollte das machen? Polly und kein anderer! Aber Polly konnte doch nicht rechnen und die Bonbons auch nicht auf der kleinen Waage abwiegen, so wie Großmutter es tat, wenn sie in ihrem Bonbonstand auf dem Markt war. Aber Polly wusste, wie ein Fünfziger aussah. Das wusste sie! Großmutter musste sich im Bett aufrichten und die Bonbons in Tüten einwiegen. Hundert Gramm in jede Tüte. Das wurden genau Fünfzigertüten.
Drei Tage vor Heiligabend war Weihnachtsmarkt. An dem Morgen war Polly früh auf und brachte Großmutter Kaffee ans Bett.
»Gutes Kind«, sagte Großmutter, »es ist doch so kalt. Du frierst dir die Nase ab.«
Polly lachte nur. Sie war schon fertig, fertig für ihr großes, seltsames Bonbonabenteuer. Und wie sie angezogen war! Zwei dicke Jacken unter dem Mantel und die Pelzmütze heruntergezogen bis über die Ohren und einen dicken Wollschal um den Hals geschlungen und große rote Handschuhe an und dann Großmutters riesige Stroh-

schuhe über ihren Stiefeln – wegen des Frostes. Und an ihrem Arm hing der Korb, voll von Bonbons.
»Auf Wiedersehen, Großmutter«, sagte Polly patent und ging in die Winterfinsternis hinaus. Viele Menschen waren schon unterwegs auf den Straßen. Das war auch kein Wunder, denn es war ja Weihnachtsmarkt.
Es war wirklich kalt. Der Schnee knirschte unter den Strohschuhen, als Polly zum Markt ging. Aber fern im Osten begann der Himmel herrlich rot zu werden. Es würde einen schönen Tag geben.
Herr Larsson war so nett gewesen, Großmutters Stand am gewohnten Platz aufzubauen. Polly brauchte nur die Bonbontüten aufzureihen. Die anderen Marktfrauen starrten Polly verwundert an.
»Hat Matilda denn den Verstand verloren? Soll die Kleine jetzt auf dem Markt stehen?«, fragten sie.
»Ja, sie soll«, sagte Polly patent.
Der Atem stand wie Rauch vor ihrem Mund und ihre Augen leuchteten vor Eifer, als sie die Tüten hervorholte.
»Das ist ja wohl die kleinste Marktfrau, die ich je gesehen habe«, sagte der Bürgermeister, als er auf dem Weg zum Rathaus vorbeikam. Und dann kaufte er zwei Tüten Bonbons und gab Polly ein blankes Einkronenstück.
»O nein«, sagte Polly. »Ich muss zwei Geldstücke haben. Zwei Fünfziger müssen es sein!«
Der Bürgermeister lachte und suchte nach zwei Fünfzigern.
»Hier hast du sie«, sagte er. »Und die Krone kannst du auch behalten, du kleines patentes Kerlchen.«
Aber das wollte Polly nicht.
»Ich muss zwei Fünfziger haben«, sagte sie. »Einen für jede Tüte. Das hat Großmutter gesagt.«
Viele Kunden kamen zu Polly. Alle wollten sie bei der allerkleinsten

Marktfrau kaufen. Großmutters Bonbons waren aber auch die besten in der ganzen Stadt, rot und weiß, süß und herrlich. Polly hatte eine Zigarrenkiste, in die sie das Geld hineinlegte, und es wurden mehr und mehr Münzen. Aber nur Fünfziger. Andere Geldstücke erkannte Polly nicht an.

Die anderen Marktfrauen wurden beinahe neidisch, als sie sahen, was für großartige Geschäfte Polly machte.

Polly selbst war so froh und ausgelassen, dass sie kaum stillstehen konnte. Ha, auf so etwas würde sie sich werfen, Millionen Bonbons würde sie kochen und dann jeden Tag auf dem Markt stehen!

Großmutter lag zu Hause in ihrem Bett und machte gerade ein Schläfchen, als Polly hereingestürmt kam und den Inhalt der Zigarrenkiste auf der Decke ausschüttete. Und der Korb war leer! Nicht eine einzige Tüte war übrig geblieben.

»Gutes Kind«, sagte Großmutter, »wie sollte ich ohne dich fertig werden?«

Und dann das mit den Weihnachtsgeschenken! Großmutter hatte ja nichts im Voraus kaufen können. Sie hatte bis nach dem Weihnachtsmarkt damit warten wollen. Vorher hatte sie doch kein Geld! Nun lag sie da und konnte sich nicht rühren. Und Polly, die sich so sehnlich eine Puppe wünschte! Nicht irgendeine Puppe – nein, die süßeste Puppe der Welt! Söderlunds in der Kirchgasse hatten sie. Viele Male hatten Großmutter und Polly sie sich angesehen. Und ganz heimlich hatte Großmutter schon Fräulein Söderlund gebeten, gerade *diese* Puppe bis nach dem Weihnachtsmarkt zurückzulegen. Die Puppe hatte ein entzückendes Spitzenkleidchen, konnte schlafen und war überhaupt ohne Frage die herrlichste Puppe, die es gab. Großmutter konnte doch wohl nicht Polly losschicken, damit sie sich ihr eigenes Weihnachtsgeschenk kaufte. Doch es gab keine an-

dere Lösung. Aber was für eine List dachten sie sich aus, Großmutter und Polly? Großmutter schrieb einen Zettel an Fräulein Söderlund, einen Geheimzettel. »Geheim« stand groß darauf.
Eigentlich war das überflüssig, denn Polly konnte ja sowieso noch nicht lesen. Mit dem Zettel in der Faust lief Polly zu Söderlunds.
Fräulein Söderlund las den Zettel lange und gründlich. Und dann durfte Polly in den Raum hinter dem Laden gehen, dorthin, wo es so geheimnisvoll roch. Nachdem sie da ein Weilchen gesessen hatte, kam Fräulein Söderlund und gab ihr ein großes Paket und sagte:
»Geh jetzt hiermit direkt nach Hause zur Großmutter. Und verlier das Paket nicht!«
O nein, Polly verlor *das* Paket nicht. Sie drückte nur ein bisschen daran. Sie hoffte ja, es wäre die Puppe, aber ganz sicher konnte man nicht sein.
Polly kaufte für Großmutter auch ein Weihnachtsgeschenk. Ein Paar feine Fingerhandschuhe, die Großmutter sich schon lange gewünscht hatte.

War da jemand, der geglaubt hatte, dass es bei Polly und ihrer Großmutter kein richtiges Weihnachtsfest geben würde? In diesem Fall wünschte ich nur, er hätte Heiligabend einmal durch eins der kleinen Fenster hineingeschaut. Dann hätte er die sauberen Gardinen gesehen und die Flickenteppiche auf dem Boden und den schönen Tannenbaum, der dicht bei Großmutters Bett stand. Polly hatte ihn selbst auf dem Markt gekauft und ihn mit Lichtern und Kugeln und Äpfeln und Nüssen geschmückt. Er hätte auch gesehen, wie Polly bei Großmutter auf dem Bettrand saß und wie die Weihnachtsgeschenke auf Großmutters Bettdecke lagen und wie Pollys Augen leuchteten, als sie das Paket öffnete und die Puppe sah. Vielleicht leuchteten sie noch mehr, als Großmutter *ihr* Paket aufmachte.

Und auf dem großen runden Tisch brannten die Kerzen in den roten Leuchtern und da stand auch das ganze Festessen, das Polly zubereitet hatte. Natürlich hatte Großmutter ihr erklärt, wie sie es machen musste.

Und Polly sang viele Weihnachtslieder und Großmutter nickte mit dem Kopf und sagte:

»So ein gesegnetes Weihnachtsfest!«

Als Polly am Weihnachtsabend endlich auf dem Küchensofa lag, war sie so müde, dass sie am liebsten auf der Stelle eingeschlafen wäre. Mit ziemlich schläfriger Stimme sagte sie das Gebet von dem Engel, der ums Haus geht, warf noch einen hastigen Blick aus dem Fenster in den Garten. Es schneite draußen, es war strahlend weiß.

»Großmutter!«, rief sie. »Weißt du, dass der ganze Garten voller Engel ist?«

Großmutter lag zwar im Zimmer, und das hatte nur Fenster zur Straße, aber sie sagte:

»Ja, ja, gutes Kind, der ganze Garten ist voller Engel.«

Eine Minute später schlief Polly patent.

Ich will auch in die Schule gehen

Das sind Peter und Lena. Sie wohnen in einer kleinen Stadt in Schweden.

Peter ist sieben Jahre alt und geht schon in die Schule. Er hat eine Lehrerin. Er hat auch ein Lesebuch und ein Rechenbuch und ein Schreibheft und eine Federtasche mit Buntstiften drin.

Lena ist fünf Jahre alt. Sie geht noch nicht in die Schule und hat keine Lehrerin. Aber sie will auch eine haben.

»Ich will auch in die Schule gehen«, sagt Lena jeden Tag. Lena versucht so zu tun, als ob sie auch eine Lehrerin hätte. Aber es würde bestimmt noch besser gehen, wenn sie genau wüsste, wie es in einer Schule ist.

Eines Morgens sagt Peter zu Lena:
»Beeil dich und zieh dich an, du darfst heute mitgehen und kannst genau sehen, wie es in meiner Schule ist.«
Da freut Lena sich und findet, dass Peter sehr nett ist. Erst trinken sie noch Kakao und essen Butterbrote.

Dann gehen sie zur Schule. Peter nimmt die Schultasche. In der Tasche sind seine Schulbücher.
Wenn sie über die Straße gehen, müssen sie sehr vorsichtig sein, denn auf der Straße fahren viele Autos.
»Erst musst du nach links sehen und dann nach rechts und dann wieder nach links«, sagt Peter zu Lena.
Aber Lena sieht nur zu Peter hin.
Was für ein Glück, dass Peter an den Verkehr gewöhnt ist.
Bald sind sie in der Schule. Auf dem Schulhof sind fast noch gar keine Kinder. Peter und Lena sind viel zu früh von zu Hause fortgegangen. Nur zwei Jungen sind da. Sie heißen Bo und Jan und spielen mit Murmeln. Peter darf auch mitspielen. Lena steht da und guckt nur zu, denn sie kann noch nicht mit Murmeln spielen. Peter gewinnt eine schöne Murmel aus Glas.
Er gibt sie Lena.
»Ich finde, das ist eine schöne Schule«, sagt Lena.
Es kommen mehr und mehr Kinder. Alle fragen Peter, wer Lena ist.
»Das ist meine Schwester«, sagt Peter. »Sie will auch in die Schule gehen.«
Bald klingelt es. Da gehen alle Kinder in ihre Klasse. Lena auch.
Endlich weiß Lena, wie Peters Lehrerin aussieht. Und Peter erzählt der Lehrerin, dass Lena seine Schwester ist.
»Sie möchte gern genau wissen, wie es in der Schule ist«, sagt Peter.
»Das ist schön«, sagt die Lehrerin. »Willkommen, kleine Lena.«
Ein Mädchen aus Peters Klasse heißt Lisa, aber sie ist heute nicht in der Schule, weil sie Halsschmerzen hat. Lena darf an Lisas Pult sitzen. Lena tut so, als ob es ihr eigenes Pult wäre. An der Seite hängt ein roter Beutel. Darin hat Lisa ihr Turnzeug. Lena guckt mal ein bisschen in das Pult. Es sind so viele feine Sachen darin. Jetzt tut Lena erst recht, als ob es ihr Pult wäre.

Hans
LENA

In der ersten Stunde haben sie Rechnen. Peter geht zu der schwarzen Tafel und rechnet vor, wie viel 6 + 4 + 1 ist.
Es steht schon etwas an der Tafel:
»Herzlichen Glückwunsch zum Geburtstag, Pelle!«, steht da.
Das hat die Lehrerin geschrieben, denn Pelle hat heute Geburtstag.
Dann ist Pause. Alle Kinder gehen auf den Schulhof. Sie hopsen und klettern. Ein Mädchen, das Inger heißt, sagt zu Lena: »Willst du mit uns spielen?«
»Ja, gern«, sagt Lena.
Pelle, das Geburtstagskind, geht zu Peter und sagt: »Ich finde es blöd, kleine Kinder mit in die Schule zu bringen.«
Das ist nicht gerade nett von einem Geburtstagskind. Peter wird böse und stürzt sich auf Pelle. Sie prügeln sich heftig. Lena wird

traurig und bekommt Angst. Aber sie wagt nicht, es zu zeigen, denn Peter fände das nicht gut. Zum Glück klingelt es gerade.
In der nächsten Stunde haben sie Heimatkunde. Die Lehrerin zeigt den Kindern einen kleinen ausgestopften Vogel.
»Könnt ihr mir sagen, was dies für ein Vogel ist?«, fragt die Lehrerin.
»Eine Lerche«, sagt Bo.
»Eine Schwalbe«, sagt Inger.
Aber beides ist falsch. Da hebt Lena die Hand hoch, obgleich sie ja eigentlich gar nicht in die Schule geht.
»Ich weiß, das ist ein Buchfink«, sagt Lena.
»Bravo, Lena«, sagt die Lehrerin.
Und Peter erzählt, dass er und Lena im Sommer immer auf dem Lande sind und dass es dort Buchfinken gibt.
Und Pelle erzählt, dass bei ihnen Schwalben unter dem Dach wohnen.
Und Jan erzählt, dass einmal eine Kreuzotter in ihren Garten gekommen ist. Und dort gibt es auch große Stachelbeerbüsche mit vielen Stachelbeeren dran.
»Und dann haben wir eine Katze«, sagt Jan.
»Aber nun haben wir's mit Buchfinken zu tun«, sagt die Lehrerin. Sie legt eine Schallplatte auf und man hört einen Buchfinken zwitschern. Lena findet Heimatkundeunterricht sehr lustig.
Als es zur Frühstückspause klingelt, nimmt Peter Lena mit in den Essraum, denn in Schweden bekommen die Kinder in der Schule zu essen.
»Hoffentlich gibt es heute was Gutes«, sagt Peter. Und was für ein Glück! Es gibt Pfannkuchen mit Preiselbeerkompott.
Lena darf neben Peter sitzen und Pfannkuchen essen, obwohl sie doch eigentlich nicht in die Schule geht.

»Ich kann hundert Pfannkuchen essen«, sagt Inger.
»Ich kann viele tausend essen«, sagt Bo.
Lena möchte gern sagen, dass sie auch viele tausend Pfannkuchen essen kann. Aber sie traut sich nicht.
Es war sicher gut, dass Bo keine tausend Pfannkuchen gegessen hat.

Denn gleich danach haben die Kinder Turnen auf dem Schulhof. Und wie hätte er mit tausend Pfannkuchen im Bauch hüpfen und Schubkarre spielen können!
»Turnen ist das Allerbeste in der Schule«, sagt Peter zu Lena.
Und Pelle zeigt ihr, was für starke Muskeln man durch das Turnen bekommt. Er hat sicher vergessen, dass er es blöd findet, kleine Kinder mit in die Schule zu bringen. Lena sitzt auf der Bank und sieht zu, wie die anderen turnen.
In der letzten Schulstunde haben sie Lesen. Lena darf ein Lesebuch von der Lehrerin leihen. Aber sie kann natürlich noch nicht lesen. Birgitta darf zuerst lesen. »Oma ist lieb«, liest sie.

Dann kommt Peter an die Reihe. Aber Peter sitzt da und denkt an etwas ganz anderes. Und als die Lehrerin ihn aufruft, erschrickt er so sehr, dass er fast vom Stuhl fällt.
»Aber Peter, du sitzt wohl da und träumst?«, sagt die Lehrerin.
»Nein, ich überlege nur, wie man eigentlich eine runde Blechdose macht«, sagt Peter.
»Das werden wir ein anderes Mal klären«, sagt die Lehrerin. »Jetzt lesen wir.«
Schließlich ist die Schule zu Ende. Aber vorher singen die Kinder ein Lied für Pelle: »Hoch soll er leben.«
Danach gehen Peter und Lena und alle anderen Kinder nach Hause. Und dann wird es Abend.
Peter sitzt am Tisch und liest ein lustiges Buch. Lena sitzt ihm gegenüber mit einem Buch, das sie von Mama bekommen hat. Sie zeigt in das Buch und liest: »Oma ist lieb.«
»Oh, wie bist du dumm«, sagt Peter. »Da steht kein Wort von Oma in dem Buch. Es handelt doch von einem Eichhörnchen!«
»Das macht nichts«, sagt Lena. »Ich lese, wie ich will. Jetzt weiß ich jedenfalls genau, wie es in deiner Schule ist.«

Kindertag in Bullerbü

Dies sind Lasse und Bosse und ich und Britta und Inga und Ole. Das sind wir Kinder aus Bullerbü. Und natürlich Kerstin. Das ist Oles kleine Schwester. Sie ist erst zweieinhalb Jahre alt und nur ein halber Mensch, sagt Lasse.

Es gibt in unserem Dorf nur drei Höfe, den Nordhof, den Mittelhof und den Südhof. Britta und Inga wohnen im Nordhof, Lasse, Bosse und ich wohnen im Mittelhof, und Ole und Kerstin wohnen im Südhof.

Einmal las Lasse in der Zeitung, dass in Stockholm der Kindertag

gefeiert wird. Da sagte Lasse: »In Bullerbü sollten wir auch einen Kindertag feiern. Wir könnten einen Kindertag für Kerstin machen.«
»Wie denn?«, fragte Ole. »Wie macht man einen Kindertag?«
»Man macht eine ganze Menge Spaß«, sagte Lasse. »Wenn wir einen ganzen Tag lang Spaß für Kerstin machen, wird sie vielleicht nicht mehr an allen anderen Tagen hinter uns herlaufen, wenn wir in Ruhe spielen wollen.«
Und dann machten wir einen Kindertag für Kerstin. Wir fingen am selben Morgen an. Wir brachten ihr das Frühstück, Brötchen und Kakao, ans Bett. Und während sie aß, standen wir um ihr Bett herum und sangen ihr etwas vor. »Der Bauer fuhr in den Wald hinein, heidi, heida, fallerallera«, sangen wir, denn dieses Lied finden wir

sehr schön. Kerstin versteht es nicht, aber sie findet »heidi, heida« sehr schön.

Und dann begannen wir Spaß zu machen. Lasse hatte in der Zeitung gelesen, dass die Kinder in Stockholm auf Pferden reiten dürfen, wenn Kindertag ist.

»Das werden wir gleich haben«, sagte Lasse. »Kerstin kann auf dem Fohlen reiten.«

Wir nahmen Kerstin mit hinaus auf die Weide. Dort war das Fohlen.

»Heidi, heida«, rief Kerstin. Aber als Lasse sie auf das Fohlen hob, fing sie an zu schreien. »Nein, nein«, schrie sie die ganze Zeit, »nein, nein!«

Lasse musste sie wieder herunterheben. Nun sah Kerstin zufrieden aus. Und das Fohlen ebenso.

»Das war wohl nicht besonders lustig für Kerstin«, sagte Ole.
»Nein, sie fand es nur lustig, als der Spaß zu Ende war«, sagte Lasse.
»Die Kinder in Stockholm fahren Karussell, wenn Kindertag ist«, sagte Lasse.
»Aber wir haben ja kein Karussell«, sagte Inga.
»Wir müssen uns etwas ausdenken«, sagte Lasse. »Die Hauptsache ist, dass ihr schwindlig wird, denn das wird einem, wenn man Karussell fährt.«
»Wie wär's mit unserer Schaukel?«, fragte Bosse.
»Heidi, heida«, rief Kerstin, als Lasse sie auf die Schaukel hob. Aber als wir sie in Schwung brachten, schrie sie: »Nein, nein!«
Lasse gab ihr trotzdem immer mehr Schwung, denn er wollte, dass sie richtig Spaß hätte. Aber da kam Tante Lisa, Kerstins Mama, und sagte: »Lasst das sein!« Und da ließen wir es sein.
»Es ist schwieriger, als ich dachte, einen Kindertag zu machen«, sagte Lasse. »Wenn wir uns nun verkleiden und Kerstin Theater vorspielen? Das machen sie auch am Kindertag in Stockholm.«
Und dann verkleideten sich Lasse und Bosse und Ole als Räuber. Sie schwärzten sich das Gesicht und sahen so unheimlich aus, dass jeder Angst bekommen konnte.
»Nein, nein!«, schrie Kerstin, als sie die Jungen sah.
»Dieses Geschöpf ist völlig ungeeignet für einen Kindertag«, sagte Bosse.
»Berg- und Talbahn, das ist jedenfalls etwas sehr Lustiges«, sagte Lasse, »das gibt es auch am Kindertag.«
»Wo sollen wir die denn herbekommen?«, fragte ich.
Lasse sagte, wir könnten Kerstin ein Seil um den Bauch binden und sie aus meinem Fenster raushängen und sie dann immer rauf- und runterziehen. »Das ist natürlich keine richtige Berg- und Talbahn«, sagte er, »aber man nimmt, was man kriegen kann.«

»Heidi, heida«, rief Kerstin, als wir ihr das Seil um den Bauch banden. Aber als Lasse und Bosse sie durch das Fenster hinaushängten und anfingen sie auf- und abzuhieven, da schrie sie: »Nein, nein«, sodass man es in ganz Bullerbü hören konnte.
Da kam Tante Lisa und sagte, wenn wir noch mehr Dummheiten mit Kerstin anstellten, dann könnten wir etwas erleben. Wir versuchten, Tante Lisa zu erklären, dass wir nur einen Kindertag für Kerstin machen wollten mit viel Spaß. Aber da sagte Tante Lisa, wir könnten einen Kindertag auf Bullerbü-Art machen.
»Wie ist denn das?«, fragte Britta.
»Ein bisschen ruhiger«, sagte Tante Lisa. »Nehmt Kerstin mit und zeigt ihr zum Beispiel die Hühner und Schweine.«

Aber Lasse und Bosse und Ole wollten nicht länger mitmachen. »Wenn man einen Kindertag macht um sich Schweine anzugucken, dann kann man es ebenso gut lassen«, sagte Lasse.

Aber Britta und Inga und ich nahmen Kerstin mit zum Hühnerhof. Und, man stelle sich vor, das fand sie schön. Sie schrie nicht mehr »Nein, nein«, nicht ein einziges Mal. Wir gaben ihr Körner, die sie den Hühnern hinstreuen durfte. Und als alle Hühner kamen und sich um sie drängten, da lachte Kerstin. »Heidi, heida«, rief sie und lachte wieder.

Dann gingen wir zu der großen Sau. Sie hatte vor kurzem Ferkel bekommen, neun Stück. Kerstin fand es schön, sie anzusehen. »Nöff, nöff«, sagte sie. Daran sieht man, wie gut sie versteht, dass es Schweine sind.

Dann gingen wir weiter und sahen uns die Lämmchen an. Das fand Kerstin auch sehr schön.

»Tante Lisa hatte Recht«, sagte Inga, »Kerstin mag lieber diese Art Kindertag, das merkt man.«

Dann guckten wir uns die Kälber auf der Weide an. Britta sagte: »Es ist das Beste, wenn wir Kerstin alles zeigen, was wir hier in Bullerbü haben. Wenn wir Kindertag feiern, dann auch richtig.«

»Die Kaninchen«, sagte ich, »wir müssen Kerstin die Kaninchen füttern lassen.«

Wir haben die Kaninchenställe hinter dem Schweinestall. Dorthin gingen wir mit Kerstin und wir gaben ihr Salatblätter, die sie durch die Stäbe stecken durfte. Kaninchen sind so niedlich, wenn sie fressen. Das fand Kerstin natürlich auch. »Wau, wau«, sagte sie zu meinem großen braunen Kaninchen. Ha, ha, sie glaubte, es wäre ein Hund.

Dann ließen wir Kerstin auch mit dem Kätzchen spielen. Wir banden ein Stück Papier an eine Schnur und Inga zeigte Kerstin, wie sie mit der Schnur laufen sollte. Sofort lief das Kätzchen hinterher und versuchte, das Papier zu erwischen. Inga fand es selber so lustig, dass sie die Schnur am liebsten gar nicht aus der Hand gegeben hätte. Aber Kerstin lachte jedenfalls und lief hinter dem Kätzchen her und rief: »Heidi, heida!«

Dann holten wir all unsere Puppen und trugen sie hinaus zu dem Holunderbusch, wo wir Tisch und Stühle haben. Dort kann man schön mit Puppen spielen. Kerstin durfte mit all unseren Puppen spielen, mit Brittas und Ingas und meinen. »Wenn wir Kindertag feiern, dann auch richtig«, sagte Inga.
Wir liefen zu unseren Müttern und bekamen Saft und Zimtwecken

und Pfefferkuchen und machten ein Festessen für Kerstin unter dem Holunder. Wir spielten, dass auch die Puppen Saft tranken und Zimtwecken aßen. Das gefiel Kerstin. Sie vergoss ein Glas Saft über ihr Kleid. Aber sie rief nur: »Heidi, heida!«, und war genauso froh. Dann kamen Lasse, Bosse und Ole. Sie hatten eine Art Karre für Kerstin aus einer alten Holzkiste zusammengezimmert und Räder darunter gesetzt. Bosse sammelt alte Räder und all so etwas. Daher konnte er die Räder beschaffen.

»Jeden Tag ist ja nicht Kindertag«, sagte Bosse. »Ein bisschen kann man wohl opfern.«

Wir setzten Kerstin in die Karre und zogen mit ihr durch ganz Bullerbü und sangen: »Der Bauer fuhr in den Wald hinein, heidi, heida, fallerallera.«

»Heidi, heida!«, rief Kerstin. Sie hat bestimmt niemals einen lustigeren Kindertag erlebt. Das glaube ich ganz bestimmt. Aber dann war sie so müde, dass sie nur noch gähnte. Nun lieferten wir sie bei Tante Lisa ab. Und als Tante Lisa sie ins Bett legte, schlief sie augenblicklich ein.
Aber Lasse und Bosse und ich und Britta und Inga und Ole kletterten in den großen Kirschbaum und saßen dort den ganzen Abend und aßen Kirschen. Wir fanden, dass es ein richtig schöner Kindertag gewesen war.

Goldkind

Eva hat keine Mama. Aber zwei Tanten hat sie. Tante Esther, die aus Amerika zurückgekommen ist, und Tante Greta, die Mama von Berit. Und Berit, das ist Evas Kusine.

Natürlich hat Eva eigentlich eine Mama. Aber was hat man schon von einer Mama, wenn sie die ganze Zeit im Krankenhaus liegt und man sie nie sehen darf? Stattdessen muss man bei seinen Tanten wohnen. Denn Papa ist Steuermann auf einem Schiff und kann Goldkind nicht mitnehmen, wenn er in fremde Länder fährt.

Goldkind – so wurde Eva immer von Mama genannt. »Mein Goldkind«, sagte sie und dann bekam Eva einen Kuss in den Nacken.

Tante Esther sagt nie Goldkind zu Eva und gibt ihr nie einen Kuss in den Nacken. Tante Greta tut das auch nicht. Tante Greta küsst nur Berit. Und dann fragt sie, ob Berit friert und ob Berit Saft haben will oder so was. Sie fragt nie, ob Eva friert. Zu Eva sagt sie:

»Lauf und sieh nach, ob Post gekommen ist! Hol das Bügeleisen! Leg die Ellbogen nicht auf den Tisch! Putz dir die Nase!«

Und Tante Esther, die eine gestreifte Seidenbluse trägt und wie aus Amerika nach Hause gekommen aussieht, sie sagt: »Eva, lauf und hol meine Tasche! Schau mal nach, wo mein Strickzeug ist. Du bist heute mit Geschirrabtrocknen dran!«

Es sieht aus, als ob Berit niemals an der Reihe sei, das Geschirr abzutrocknen. Nein, Berit ist ein bisschen zart, Berit soll im Herbst in die Schule kommen und da muss sie sich jetzt im Sommer ausruhen. Eva ist nicht zart und kommt erst in einem Jahr in die Schule und braucht sich nicht auszuruhen. Ach, es ist so traurig, immer das Geschirr abzutrocknen! Und warum sind es immer so viele Teller? Eva geht mit zögernden Schritten in die Küche. Berit sitzt noch draußen in der Laube und lächelt zufrieden. Manchmal passiert es, dass einer von den großen Tellern aus Evas kleinen Händen rutscht und zerbricht. Dann kommt Tante Greta und schüttelt Eva ein bisschen. Und dann lächelt Berit noch zufriedener.

Und Tante Esther streichelt Berit über die Wange und fragt, ob die kleine Berit nicht friert und vielleicht eine warme Jacke braucht.

»Eva«, ruft Tante Esther, »hol Berits Jacke!«

»Die könnte sie doch selbst holen«, sagt Eva und sieht durch das Küchenfenster wütend hinaus zu Berit, die in der Laube sitzt.

»Pfui, wie unfreundlich«, sagt Tante Esther. »Wo du doch sowieso in der Küche bist! Die Jacke liegt ja dort auf der Bank.«

Eva legt das Handtuch beiseite und geht mit der Jacke in den Garten. Berit lächelt zufrieden.

»Ach, ich friere doch überhaupt nicht«, sagt sie dann. »Ich will keine Jacke haben!«

Eva schleudert die Jacke auf die Schaukel und geht.

»Hör mal, ich wollte keine Jacke haben«, schreit Berit ihr nach. »Nimm die Jacke mit!«

Da dreht sich Eva um. Sie sagt nichts. Sie streckt nur die Zunge heraus. Dann geht sie.

»Ich hab noch nie ein so trotziges Kind gesehen«, sagt Tante Esther zu Tante Greta.

»Das hat sie von Lena«, sagt Tante Greta. »Die war genauso, als sie klein war. Erinnerst du dich?«

»Ja, ja, sie ist immer noch trotzig genug, da, wo sie jetzt liegt«, sagt Tante Esther und nickt. »Ich glaube nicht, dass sie je wieder gesund

wird. Und dann bist du es, die das Kind auf dem Hals hat. Ich kann sie ja nicht nehmen, wenn ich wieder nach Amerika fahre.«
Eva steht in der Küche und hört das alles. Oh, wie gern möchte sie Tante Esther einen Tritt geben, dieser Tante Esther, die sagt, dass Mama nicht mehr gesund wird. Mama wird bestimmt gesund. Sie wird sicher, sicher, sicher gesund und dann kommt sie hierher und holt ihr Goldkind wieder nach Hause.
»Eva ist bestimmt kein guter Umgang für Berit«, sagt Tante Greta draußen in der Laube. »Es gibt immer nur Streit, wenn die beiden spielen sollen.«
Da hat Tante Greta Recht. Es gibt Streit. Die Tanten sind Erdbeeren pflücken gegangen, für den Nachtisch, und die beiden kleinen Kusinen spielen in der Laube. Eva hat Fia-Lisa im Arm. Fia-Lisa ist Evas Puppe. Früher war sie eine sehr feine Puppe mit einem rosa Stoffkörper und gelben, lockigen Haaren. Jetzt aber fällt es schwer zu sehen, wo sie mal rosa gewesen ist. Sie ist ganz schön schwarz jetzt, die Fia-Lisa, und von dem lockigen Haar sind nur noch ein paar Strähnen übrig. Aber Eva liebt sie, denn Fia-Lisa ist das Einzige, was Eva noch aus der Zeit besitzt, als sie ein Goldkind war und in den Nacken geküsst wurde.
Berit streckt eine schmale Hand aus und zieht an einer von Fia-Lisas dünnen Haarsträhnen. »Dreckpuppe, Dreckpuppe«, singt sie höhnisch mit hoher Stimme.
Da schlägt Eva sie, so fest sie kann. Die Tanten kommen angelaufen, als sie hören, wie die kleine Berit weint. Tante Greta packt Eva fest am Arm und schleppt sie in den Geräteschuppen zwischen all die Wasserkannen und Harken und die anderen Gartengeräte.
»So, nun bleibst du hier, bis du artig bist, du kleines Ungeheuer«, sagt sie und schließt die Tür hinter sich zu.
Berit hört auf zu weinen. Sie lächelt zufrieden. Eva schluchzt drin-

nen im Geräteschuppen. Tante Greta hat ihr Fia-Lisa weggerissen. Sie liegt draußen auf dem Gartenweg und starrt in den Himmel.
»Dreckpuppe, Dreckpuppe«, singt Berit und tritt Fia-Lisa mit ihrer Sandale auf den Bauch.
Am nächsten Tag ist es warm. Es ist so warm, dass Berit und Eva keine Kraft haben vorauszulaufen zu ihrem Badeplatz wie sonst. Sie trotten still neben den Tanten her, den langen Weg über die Wiese zum See hinunter. Oh, wie ist es heiß!
»Es wird wohl ein Gewitter geben«, sagt Tante Esther. Wenn es nur kein Gewitter gibt, denkt Eva und bindet das Badelaken wie eine Kapuze über den Kopf.
»Kannst du das Laken nicht ordentlich tragen?«, fragt Tante Greta nervös. »Es schleift ja durch die Kuhfladen.«
»So etwas macht Berit nie«, sagt Tante Esther. »Sie trägt ihr Badelaken ordentlich über dem Arm.«
Berit lächelt zufrieden und trägt das Badelaken ordentlicher als je zuvor über dem Arm.
Während sie alle baden, zieht eine große, dunkle Wolke drüben über dem Wald am Himmel auf. Aber die Sonne scheint noch immer und es ist so heiß – man kann kaum atmen. Der Rückweg ist mühevoll. Der Pfad über die Wiese führt immer aufwärts.
»Wozu geht man eigentlich baden?«, meint Tante Esther. »Hinterher wird man nur noch wärmer und müder.«
»Wenn wir nach Hause kommen, leg ich mich lang in den Schatten und ruh mich aus«, sagt Eva zu Berit.
»Das mach ich auch«, sagt Berit.
Die Wolke wird größer und größer. Nun bedeckt sie schon den halben Himmel.
»Was gibt es heute zum Abendessen, Greta?«, fragt Tante Esther, als sie durch die Gartentür gehen.

»Fleischklöße und Rhabarbergrütze«, antwortet Tante Greta. Sie hängt die Badeanzüge zum Trocknen über die Leine zwischen den Apfelbäumen und dann geht sie zu den Beeten, um Rhabarber zu schneiden.
Berit und Eva haben sich hinter dem Jasminstrauch ins Gras gelegt. Dort ist es schattig und schön. Eva hat ein Gefühl, als könnte sie nie wieder aufstehen. Fia-Lisa liegt neben ihr.
Tante Greta will Rhabarbergrütze kochen. Aber, wie ärgerlich, es ist kein Kartoffelmehl im Haus. Nicht das kleinste Stäubchen Kartoffelmehl. Und ohne Kartoffelmehl kann wohl kein Mensch Rhabarbergrütze kochen. Ratlos sieht sich Tante Greta um. Sie sieht die dunkle Wolke am Himmel an und die kleinen Mädchen unterm Jasminbusch. Sie zögert – aber nur einen Augenblick.
»Eva«, ruft sie, »du musst zum Geschäft runterlaufen und für mich Kartoffelmehl holen!«
Eva hat die Augen geschlossen. Sie hört sehr gut. Aber sie glaubt, wenn man völlig still liegt und die Augen zumacht, vergisst Tante Greta vielleicht, dass es sie gibt. Oder es geschieht irgendein anderes Wunder. Vielleicht findet Tante Greta doch noch einige Kilo Kartoffelmehl.
»Eva, hörst du nicht?«, ruft Tante Greta noch einmal. »Du musst zum Geschäft laufen und Kartoffelmehl holen!«
Eva steht mühsam auf.
»Ach, zieh nicht so ein Gesicht!«, sagt Tante Greta scharf. »Du bist sowieso an der Reihe. Berit war am Donnerstag einkaufen.«
Ja, es stimmt, dass Berit am Donnerstag eingekauft hat. Aber da hat sie hinten auf dem Gepäckträger bei Tante Greta auf dem Rad gesessen. Von Herzen gern würde Eva jeden Tag zum Geschäft fahren, um Kartoffelmehl zu holen, wenn sie auch auf dem Gepäckträger sitzen dürfte. Etwas Schöneres kann sie sich kaum vorstellen. Aber

es ist ein weiter, weiter Weg zum Geschäft und es ist so heiß und sie ist so müde.
»Aber Greta«, sagt Tante Esther, »es gibt sicher ein Gewitter...«
Eva bekommt Angst. Sie will nicht allein draußen sein, wenn es gewittert.
»Ach, wenn du dich beeilst, bist du längst wieder zu Hause, bevor es anfängt«, sagt Tante Greta und versetzt ihr einen kleinen Puff, damit sie in Gang kommt. Aber Eva ist hartnäckig.
»Auf alle Fälle will ich Fia-Lisa mitnehmen.«
Mit Fia-Lisa ist man nicht so allein. Aber Tante Greta sagt, das gehe nicht. Mit so einer schmutzigen Puppe könnte man nicht einkaufen gehen.
»Nicht mit einer solchen Dreckpuppe«, hilft Berit hinter dem Jasminstrauch noch nach.
Eva wird rot vor Wut und ihr kommen die Tränen. Sie geht und holt Fia-Lisa, die noch im Gras liegt. Sie setzt sie auf die Veranda, damit sie nicht nass wird, falls es inzwischen *doch* anfängt zu regnen.
»Sei nicht traurig, Fia-Lisa«, flüstert sie. »Mama kommt ja gleich wieder.«
Dann geht sie. Die Beine sind ihr schwer, als sie hinausgeht in den Staub der Landstraße.
Wenn ich groß bin, werde ich niemals Kartoffelmehl kaufen, denkt Eva.
Wie schwarz der Himmel ist! Sie hat Angst und kommt sich ganz klein vor.
Und dann geht es los. Gerade als Eva bei der großen Tanne angekommen ist, bei der man weiß, dass man die Hälfte des Weges hinter sich hat, gerade da knallt es. Oh, was für ein entsetzlicher Knall! Eva schreit in wilder Angst. Und dann kommt der Regen herunter wie ein Sturzbach. In kürzester Zeit ist die staubige Landstraße ein

einziger Morast. In diesem Morast watet Eva vorwärts. Das blaue Baumwollkleidchen klebt ihr am Körper. Es tropft aus dem klatschnassen Haar. Es tropft auch aus den Augen, nein, es tropft nicht, sie schießen nur so hervor, wilde Tränen der Verzweiflung, der Verlassenheit und Angst. Es blitzt und donnert um sie her und bei jedem Donnerschlag schluchzt sie vor Schreck. Sie fängt an zu laufen. Nein – richtig: Mama hat gesagt, wenn es gewittert, soll man nicht laufen.

Wenn Mama doch hier wäre! Wenn Mama doch nur hier wäre! Dann würde sie Eva in die Arme nehmen und sie würden zusammen unter einen Busch kriechen. Mama würde ihr Goldkind wärmen und zu ihr sagen: »Es ist alles gar nicht gefährlich.« Mama, ach Mama! Eva weint laut und wild in den Sturm hinein.

Als sie zum Geschäft kommt, ist alles vorüber. Die Sonne scheint wieder, aber es ist kühl und Eva zittert in ihrem nassen Kleid.

»Ein Pfund Kartoffelmehl, sagst du?« Frau Svanberg, die hinter dem Ladentisch steht, mustert die nasse Kleine. »Kartoffelmehl, bitte schön! Aber ein Kind bei solch einem Wetter rauszujagen!«

Fast den ganzen Rückweg läuft Eva. Sie klappert mit den Zähnen vor Kälte. Am Wegrand dicht vor dem Haus der Tante findet sie etwas. Fia-Lisa liegt dort. Vollkommen nass und noch viel dreckiger als vorher. Arme Fia-Lisa! Mit einem Jammerschrei wirft sich Eva über sie. Was haben sie mit ihrem Kind gemacht! Ihr kleiner Liebling war draußen in dem Unwetter.

Eva drückt Fia-Lisa an sich, streichelt sie, küsst sie in den schmutzigen Nacken.

»Nicht weinen, mein Goldkind! Mama ist ja da. Es ist ja alles gar nicht gefährlich! Mama ist ja da.«

Tante Greta hat die Stühle und den Tisch in der Laube abgetrocknet. Sie und Tante Esther trinken dort jetzt ihren Nachmittagskaffee.

Berit trinkt Saft. Sie lächelt zufrieden, denn sie denkt an die Dreckpuppe, die sie auf den Weg geschmissen hat.
Da kommt jemand den Gartenweg entlang: eine klatschnasse kleine Person im blauen Kleid. Eva kommt dort – das Goldkind! In der einen Hand hält sie die Tüte mit Kartoffelmehl und in der anderen Hand Fia-Lisa. Ihr Mund ist wie ein Strich, die Augen kreisrund und starr.
Und was macht jetzt das Goldkind? Sie macht etwas so Entsetzliches, dass die Tanten vor Schreck aufspringen. Sie werden es nie vergessen. Sie werden noch daran denken, wenn Eva schon lange, lange wieder zu ihrer Mama gezogen ist, die sie in den Nacken küsst und Goldkind nennt.
Ja, so ein nettes Goldkind! So etwas Schreckliches! Wirklich ein ganz reizendes, nettes Goldkind.
Da kommt sie den Gartenweg herauf. Böse starrt sie die Tanten und Berit an, als sie vor dem Kaffeetisch steht. Sie schleudert das Kartoffelmehl aufs Tablett, dass die Tassen klirren. Und dann sagt sie sehr ruhig und sehr deutlich:
»Hol euch der Teufel – euch alle drei!«

Wer springt am höchsten?

Rotzbengel! – Rotzbengel!« Gellend und triumphierend tönte es durch die Stille des Abends.

Er, der mit Rotzbengel gemeint war, richtete sich aus dem Erdbeerbeet auf und spähte zum Nachbarn hinüber. Aber der Feind war nicht zu sehen. Stattdessen kam wieder das herausfordernde: »Rotzbengel! – Rotzbengel!«

Da wurde der im Erdbeerbeet ernstlich böse. »Komm raus, du Feigling!«, schrie er. »Komm raus und sag das noch einmal – wenn du dich traust!«

Ein flachsgelber Kopf schoss blitzschnell aus dem dichten Blätterwerk der Ulme, die hinter dem Zaun des Nachbarn stand.

»Wenn ich mich traue?«, sagte der Flachsgelbe und spuckte lässig über den Zaun. »Wenn ich mich traue? Rotzbengel!«

Es ging wie ein Lauffeuer durchs Dorf: Albin und Stig haben wieder angefangen! Und schon nach wenigen Minuten standen sie da, draußen auf dem Weg, in gespannter Erwartung, alle Jungen des Dorfes.

Ja, Albin und Stig hatten angefangen. Das taten sie jeden Abend. Das hatten sie schon getan, solange man sich erinnern konnte. Es war ein Wettstreit zwischen ihnen, ein Wettstreit, der ungefähr neun Jahre dauerte. Das heißt, seitdem Albin und Stig in der Wiege gelegen hatten.

»Denk nur, Stig hat schon seinen ersten Zahn bekommen«, sagte

Stigs Mutter stolz zu Albins Mutter, als die Jungen sechs Monate alt waren.
Woraufhin Albins Mutter nach Hause ging und den Zeigefinger in Albins Mund steckte. Aber da war nur ein kleiner weicher, zahnloser Gaumen zu fühlen.
»Denk dir, Stig kann jetzt stehen, wenn er nur etwas hat, um sich daran zu halten«, sagte Stigs Mutter einige Monate später zu Albins Mutter.
Albins Mutter ging nach Hause, riss Albin aus der Wiege und stellte ihn neben das Küchensofa. Aber Albins kleine krumme Beinchen bogen sich unter ihm und er plumpste schreiend zu Boden.
»Stell dir vor! Stig! Er kann laufen! Sicher wird er mal ein Langstreckenläufer!«, sagte Stigs Mutter noch ein paar Monate später.
Da fuhr Albins Mutter mit ihrem Jungen zum Arzt um zu hören, ob mit dem kleinen Albin etwas nicht in Ordnung sei. Aber mit Albin war alles in Ordnung.
»Die Kinder laufen nicht alle im gleichen Alter«, sagte der Arzt.
Aber für Albins Mutter kamen bessere Zeiten.
»Denk dir, Albin kann ›Wetterbericht‹ sagen«, sagte Albins Mutter zu Stigs Mutter, als die Jungen zwei Jahre alt waren.
Stigs Mutter ging nach Hause und starrte Stig an.
»Sag ›Wetterbericht‹!«, sagte sie eifrig.
»Groffa!«, sagte Stig. Das bedeutete »Großvater« und war nicht ganz dasselbe wie »Wetterbericht«.
Schließlich kamen Albin und Stig in die Schule und wurden Banknachbarn. Eigentlich hätten sie die besten Freunde sein müssen. Aber es konnte ja keine Freundschaft werden, weil sie nichts Eiligeres zu tun hatten, als miteinander zu wetteifern. Jeder wollte immer der Beste sein. So war es ihnen eingeredet worden, solange sie sich erinnern konnten. Es war schon ein strebsames Leben, denn

wenn die Lehrerin »Sehr gut« in Albins Rechenheft geschrieben hatte, dann raste Stig wie ein Löwe und zu Hause saß er und rechnete, bis er fast anfing zu schielen.

Und wenn Stig sich dadurch im Turnen auszeichnete, dass er auf Händen über den Schulhof lief, dann übte Albin einen ganzen Nachmittag zu Hause hinter der Scheune, um das Kunststück nachzumachen.

Dass Albin nun in der Ulme saß und »Rotzbengel« zu Stig hinüberschrie, das kam daher, weil Stig gerade heute Albin im Hochsprung um fünf Zentimeter geschlagen hatte bei einem Wettkampf, den die Dorfjungen auf der Wiese bei der Kirche veranstaltet hatten. Das wurmte Albin natürlich in tiefster Seele – man konnte schon wegen weniger »Rotzbengel« schreien.

Stig sah gereizt in die Ulme hinauf.

»Du solltest lieber Hochsprung üben, statt dort zu sitzen und ältere Personen zu beschimpfen«, sagte er.

Stig war die ältere Person. Er war zwei Tage vor Albin geboren.

»Hochsprung interessiert mich gar nicht«, sagte Albin. »Jedenfalls nicht Hochsprung von unten nach oben. Ich wette, dass ich dich im Hochsprung von oben nach unten schlage. Ich trau mich, von diesem Baum zu springen. Das wagst *du* nicht!«

Und dann sprang Albin. Sofort hüpfte Stig über den Zaun, kletterte auf die Ulme und wiederholte das Manöver.

Die Jungen auf dem Weg verfolgten interessiert die Ereignisse. Einige von ihnen hielten zu Albin und einige zu Stig.

»Du kannst noch mehr!«, schrie einer der »Albinisten«.

»Heja, Stig!«, schrien die »Stiglinge«.

Da kletterte Albin auf das Toilettendach.

»Von hier aus traue ich mich zu springen«, rief er Stig zu. Und dann sprang er.

Stig schnaubte verächtlich. Vom Toilettendach sei er schon im Alter von zwei Jahren gesprungen, behauptete er.
»Aber ich spring vom höchsten Bretterstapel beim Sägewerk«, fügte er hinzu.
Alle Jungen zogen los zum Sägewerk und sahen entzückt zu, wie Stig sich vom höchsten Bretterstapel warf.
Albin dachte nach. Was sollte er sich jetzt noch einfallen lassen?
»Ich springe von der Brücke«, sagte er, aber es klang nicht völlig überzeugend.
»Bravo, Albin«, schrien die Albinisten. Und dann setzte sich die ganze Schar in Bewegung um zu sehen, wie Albin von der Brücke sprang.
»Heja, Stig!«, schrien die Stiglinge. Stig schluckte. Es war unheimlich hoch von der Brücke. Was gab es, was noch schlimmer war?
»Ich springe vom Dach der Holzbude an der höchsten Stelle«, sagte er schließlich.
»Stiggi ist unschlagbar!«, brüllten die Stiglinge.
Stig holte eine Leiter herbei und kletterte auf das Holzbudendach. Er sah hinunter. Es war eine schwindelnde Höhe!
»Ha, du traust dich nicht, du Feigling!«, johlte Albin.
Da sprang Stig. Anschließend lag er eine kleine Weile still, damit sich seine Eingeweide wieder zurechtlegten.
Jetzt war Albin richtig ratlos. In irgendetwas musste er besser sein. Er musste Stig besiegen, diesen Stig, der ihn um fünf Zentimeter im Hochsprung geschlagen hatte.
Am Vormittag hatte es geregnet. Und gerade dort, wo Albin an der Holzbude stand, kam jetzt ein kleiner Regenwurm aus der Erde gekrochen. Albin hatte eine Eingebung.
»Ich trau mich, einen Regenwurm zu essen. Das traust du dich nicht!«

Und wupps! hatte er den Regenwurm verschluckt.
»Bravo, Albin«, riefen die Albinisten.
»Stig kann auch einen Regenwurm essen«, schrien die Stiglinge und begannen sofort, nach einem Regenwurm für Stig zu suchen.
Stig wurde etwas blass um die Nase. Man sah ihm an, dass Regenwurm nicht gerade sein Lieblingsgericht war. Aber seine Anhänger kamen schon mit einem an, den sie unter einem Stein gefunden hatten.
»Du wagst es nicht, du Feigling«, sagte Albin.
Da schluckte Stig den Regenwurm. Aber danach verschwand er hinter einem Baum. Nach einer Weile kam er wieder hervor und sah sehr überlegen aus.

»Regenwurm essen kann jeder Rotzjunge. Aber ich bin vom Holzbudendach gesprungen. *Den* Rekord brichst du nicht.«
»Mach ich nicht?«, fragte Albin.
»Das macht er doch!«, schrien die Albinisten.
»Das macht er nicht!«, schrien die Stiglinge.
»Ich springe sogar vom Kuhstall«, sagte Albin. Aber ihn fröstelte, als er es sagte.
»Bravo, Albin!«, riefen die Albinisten.
»Das wagt er nie«, sagten die Stiglinge.
Die Leiter wurde zum Giebel des Kuhstalldaches geschleppt. Vorsichtshalber wählte man den Giebel, der nicht von den Wohnhäusern aus sichtbar war. Es konnte ja sein, dass Stigs und Albins Mütter gerade diese Art von Wettstreit nicht schätzten.
Albin kletterte mit zitternden Knien die Leiter hinauf. Er stand auf dem Kuhstalldach. Er schaute hinunter in die Tiefe. Wie sahen sie doch klein aus, die Jungen dort unten! Jetzt – wollte er springen! Nein, es war zu entsetzlich. Er hielt die Luft an und betete zu Gott, dass die Füße sich von allein abheben möchten. Aber das taten sie nicht.
»Er hat Angst!«, schrie Stig triumphierend.
»Zeig es ihm!«, schrien die Stiglinge. »Spring du vom Kuhstalldach, Stiggi, dann kann er dort oben mit seiner Schande stehen bleiben.«
Na ja, das war nicht genau das, was Stig sich gedacht hatte. Er war ja vom Holzbudendach gesprungen, das reichte doch wohl!
»Stiggi traut sich auch nicht!«, schrien die Albinisten. »Holzbudendach, was ist das schon! Tausendmal könnte Albin da runterspringen. Könntest du doch, Albin, nicht?«
»Klar«, rief Albin vom Kuhstalldach. Obwohl er sich innen drin fühlte, als könne er nie im Leben noch einmal springen, nicht mal von der Verandatreppe.

Da kletterte Stig auch aufs Dach.
»Rotzbengel«, sagte Albin freundlich zu ihm.
»Selber Rotzbengel«, sagte Stig. Dann guckte er hinunter und sagte eine Weile gar nichts mehr.
»Spring, Albin!«, schrien die Albinisten.
»Spring, Stiggi!«, schrien die Stiglinge.
»Dann platzt Stig vor Neid!«, schrien die Albinisten.
»Dann lernt Albinchen sich schämen«, schrien die Stiglinge.
Stig und Albin schlossen die Augen. Zusammen machten sie den Schritt in die Tiefe.

»Wie in aller Welt ist das nur zugegangen?«, fragte der Arzt erstaunt, als er Stigs rechtes und Albins linkes Bein geschient hatte. »Zwei gebrochene Beine an ein und demselben Tag!«
Stig und Albin sahen ihn beschämt an.
»Wir wollten sehen, wer am höchsten springen kann«, murmelte Stig.
Danach lagen sie nebeneinander, jeder in seinem Krankenhausbett, und sahen eigensinnig jeder in eine andere Richtung. Aber, wie es so war, bald schielten sie sich an und begannen zu kichern trotz ihrer gebrochenen Beine. Zuerst kicherten sie, dann wurde ihr Lachen immer lauter, sie lachten, dass man es im ganzen Krankenhaus hören konnte. Und dann sagte Albin:
»Wozu war das eigentlich gut – vom Kuhstalldach zu springen?«
Und Stig lachte so laut, dass er fast kein Wort herausbrachte.
»Du, Albin«, sagte er, »wozu haben wir eigentlich die Regenwürmer gegessen?«

Ich will auch Geschwister haben

Peter ist jetzt so groß.
Aber früher war er einmal so klein.
Damals konnte er nicht laufen und nicht sprechen. Nur brüllen konnte er. Wenn er schrie, kam seine Mutter und nahm ihn aus seinem Bett und legte ihre Wange gegen Peters Wange und sagte, er sei das niedlichste Kind auf der ganzen Welt. Und wenn Peter Hun-

ger hatte, gab seine Mutter ihm zu trinken. Jeden Abend badete sie ihn in einer Wanne. Dann zappelte Peter wie ein kleiner Fisch und manchmal versuchte er die Seife aufzuessen. Papa machte es großen Spaß zuzuschauen, wenn Peter gebadet wurde. Denn Peter war ja beinahe das niedlichste Kind auf der ganzen Welt. Und Mama und Papa hatten ihn sehr, sehr lieb.

Später wurde Peter dann größer und konnte laufen und sprechen und Frikadellen essen und mit Bauklötzen bauen und mit den Kindern auf der Straße spielen.

Auf der Straße traf er manchmal einen Jungen, der hieß Jan. Eines Tages kam Jan ihm entgegen und schob einen Kinderwagen. Er sah mächtig stolz aus. In dem Wagen lag ein Baby und Jan sagte: »Das ist mein Brüderchen.«

»Aha«, sagte Peter.

»Hast du keine Geschwister?«, fragte Jan.

»Nöö, aber ich habe zu Hause ein Lastauto, auf das kann man Bauklötze laden«, sagte Peter.

»Ein Brüderchen ist besser«, sagte Jan. »Dann darf man den Kinderwagen schieben.«

»Pfff«, machte Peter.

Als er aber nach Hause kam, sagte er zu seiner Mutter: »Ich will auch Geschwister haben.«

Da sagte seine Mutter etwas ganz Merkwürdiges. »Du *bekommst* Geschwister«, sagte sie, »entweder ein Schwesterchen oder ein Brüderchen.«

Peter war sehr erstaunt. Sonst musste man viel länger quengeln, wenn man sich irgendetwas wünschte.

»Darf ich mitgehen und das Baby kaufen?«, fragte Peter.

Da sagte seine Mutter wieder etwas Merkwürdiges. »Babys kann man nicht kaufen. Dein kleiner Bruder oder deine kleine Schwester wächst in mir. Hast du nicht gesehen, dass mein Bauch so dick geworden ist? Bald ist das Baby groß genug und will herauskommen. Dann fahre ich ins Krankenhaus, denn dort hilft man den Babys auf die Welt zu kommen.«

Eines schönen Tages kam Mama ins Krankenhaus, und als sie wieder heimkam, brachte sie Peters Schwester mit. Das war ein runze-

liges kleines Ding, das schrie. Peter freute sich trotzdem. Es machte ihm Spaß, sich ihre kleinen Finger und Zehen anzuschauen. Und wenn sie »ä-ä-ä-äh« schrie, ahmte Peter sie nach und schrie ebenfalls »ä-ä-ä-äh«.

»Sie heißt Lena«, sagte Mama.

Lena konnte nicht laufen und nicht sprechen, bloß brüllen. Wenn sie schrie, kam Mama und nahm sie aus ihrem Bett und legte ihre Wange gegen Lenas Wange und sagte, sie sei das niedlichste Kind auf der ganzen Welt. Ja, außer Peter natürlich. Wenn Lena Hunger hatte, gab Mama ihr zu trinken. Jeden Abend wurde Lena in einer Wanne gebadet und Papa und Peter schauten zu. Mama und Papa hatten Lena sehr, sehr lieb.

Peter aber gar nicht. Peter hatte Lena gar nicht lieb, wenn er es sich richtig überlegte. Es machte überhaupt keinen Spaß, eine Schwester zu haben. Und es war doch wirklich komisch, dass Mama und Papa dieses Bündel lieb hatten, das bloß immer brüllte. Aber sie hatten es wirklich lieb, das war deutlich zu sehen. Vielleicht hatten sie Lena sogar lieber als Peter. Das schien Peter so. Und als ihm das einfiel, wurde er ganz furchtbar böse auf Lena.

Ich war schön dumm, als ich sagte, ich wollte Geschwister haben, dachte er. Warum habe ich mir nicht stattdessen lieber ein Dreirad bestellt!

Und er überlegte sich, ob er Lena nicht vielleicht gegen ein Dreirad umtauschen oder aber sie verkaufen und für das Geld ein Dreirad kaufen könnte. Es gibt aber sicher niemanden, der sie haben will, dachte er und haute Lena, die auf einer Decke auf dem Fußboden lag.

Da kam Mama und packte Peter fest am Arm und sagte, er solle sich schämen, dass er das Schwesterchen schlage.

Und nun wurde Peter noch wütender auf Lena und auf Mama auch und er stieß mit den Füßen nach Mama. Er ärgerte sich. Aber er schämte sich auch ein wenig. Er wollte es aber nicht zeigen.

Lena schrie und Peter meinte, es wäre gut, wenn man sie an einer Leine aus dem Fenster hängen könnte, damit man nicht anzuhören brauchte, wie sie brüllte.

Wenn Mama Lena im Arm hatte und ihr zu trinken gab, machte Peter immer so viel Unfug, wie er nur konnte. Bloß damit Mama gezwungen war, Lena beiseite zu legen und zu ihm zu laufen und nachzusehen, was er machte.

Einmal nahm er eine Schere und schnitt sich fast alle Haare ab und ein andermal nahm er die Teekanne und schmiss sie auf den Fußboden, dass es nur so knallte. Da kam Mama angerast, und das war schön. Schließlich war sie ja zuallererst Peters Mutter gewesen und nicht Lenas.
Eines Tages war Peter ganz unglücklich. Er saß in einer Ecke und weinte, denn er glaubte, Mama und Papa hätten nur Lena lieb und ihn gar nicht. Da kam Mama zu ihm und zog ihn auf den Schoß und wiegte ihn hin und her, genauso wie sie es immer mit Lena machte. Und dann sagte sie: »Ich hab dich ganz furchtbar lieb, Peter. Zuerst hatte ich meinen kleinen Peter lieb und jetzt habe ich meinen großen Peter lieb.« Da kuschelte sich Peter noch tiefer in Mamas Arme und dann sagte er:
»Lena ist wirklich dumm.«
»Lena ist nicht dumm«, sagte Mama. »Lena ist klein. Und kleine Kinder machen sehr viel Mühe.«
»Jaaa«, sagte Peter.

»Ich finde, du solltest mir helfen für Lena zu sorgen«, sagte Mama. »Sie ist doch immerhin deine Schwester. Und wir haben sie für dich angeschafft. Also musst du dich auch um sie kümmern.«
»Hab ich viel Mühe gemacht, als ich klein war?«, fragte Peter.
»Aber ja«, sagte Mama. »Ich musste mich ständig um dich kümmern, sonst hast du geschrien.«
Da fand Peter, dass wohl Lena jetzt an der Reihe sei, klein zu sein und Mühe zu machen. Sicher war es das Beste, wenn er Mama half und für Lena sorgte.
Und das tat er.
Er wusch Lena den Rücken, wenn sie gebadet wurde, und hielt das Badetuch bereit, und er deckte sie gut zu, wenn sie schlafen sollte, und sagte: »Und nun wird nicht geschrien, du Schreiliese.« Und Lena schrie nicht, sondern schlief sofort ein. Das tat sie bestimmt, weil Peter zu ihr gesagt hatte, sie solle still sein. Mama freute sich sehr, dass Peter ihr half für Lena zu sorgen.

Wenn die Sonne schien, gingen Mama und Peter mit Lena hinaus und Peter durfte den Kinderwagen schieben. Die Kinder auf der Straße kamen alle herbeigelaufen und guckten und dann sagte Peter: »Das ist mein Schwesterchen!«
So verging die Zeit und Peter war jetzt so groß und Lena so groß.
Da bekamen sie ein Brüderchen, und das hieß Nils. Nils konnte nicht sprechen und nicht laufen, bloß brüllen. Wenn er schrie, nahm Mama ihn aus seinem Bett und legte ihre Wange an Nils' Wange und sagte, er sei das niedlichste Kind auf der ganzen Welt. Ja, außer Peter und Lena natürlich.
Jeden Abend wurde er in einer Wanne gebadet und Papa und Peter und Lena schauten zu. Mama und Papa und Peter und Lena hatten Nils sehr, sehr lieb.
Er war ja allerdings klein und machte Mühe und Mama hatte nicht mehr so viel Zeit für Peter und Lena. Aber das war nicht so schlimm. Denn Peter und Lena machten im Kinderzimmer eine Kissenschlacht und hatten viel Spaß. Es war doch wirklich gut, dass Peter Lena nicht gegen ein Dreirad umgetauscht hatte. Sonst hätte er jetzt keinen gehabt, mit dem er eine Kissenschlacht machen konnte.

Märit

Es war einmal eine Prinzessin, die gestorben war. Nur acht Jahre war sie alt, als sie starb. Und nun sollte sie beerdigt werden an diesem heißen, sonnigen Maisonntag. Ihre kleinen Freunde wollten für sie am Grab singen. »Wo findet die Seele die Heimat, die Ruh«, sollten sie singen. Denn das Lied hatten sie den ganzen Frühling hindurch in der Schule geübt. Märit auch.

Märit hieß sie, die Prinzessin. Als sie noch lebte, wohnte sie in einer kleinen grauen Hütte ganz dicht am Wegrand. In einer kleinen grauen Hütte – ach, dann war sie doch wohl keine Prinzessin!

Nein, wenn man es genau nimmt, war sie vielleicht auch keine. Vielleicht war sie nur ein gewöhnliches kleines Mädchen. Manchmal ist es schwer, einen Unterschied zu sehen.

Es war nichts Besonderes mit Märit. Gar nichts Besonderes mit ihrem ganzen achtjährigen Leben. Das einzige Besondere, wenn man es nun so nennen will, war ihr Tod.

Bevor wir aber dazu kommen, muss ich erst davon erzählen, wie Jonas Petter einmal sehr nett zu Märit war. Denn damit hatte es angefangen.

Es ist wahr, Jonas Petter war an diesem allerersten Schultag damals nett zu Märit. Aber glaub jetzt nicht, dass er sich etwas aus Mädchen machte! Das tat er nicht. Von der ersten Stunde an hielt er sich zu den Jungen. Die standen schon auf einem Haufen zusammen auf dem Schulhof, rangen miteinander und prügelten sich so zum Zeitvertreib, während sie darauf warteten, dass die Schulglocke klingelte. Die Mädchen hatten sich still am entgegengesetzten Ende des Hofes aufgestellt und musterten einander verstohlen. Märit hielt sich ein wenig abseits. Die Dorfkinder kannte sie nicht und sie war schüchtern. Und dieser erste Schultag war eine schwere Prüfung für sie.

Aber alles hat ein Ende, und das hatte der erste Tag in der Schule auch. Übrigens, ganz so schlimm, wie man es sich gedacht hatte, war es nun wieder nicht gewesen. Märit musste den Kilometer zur Kätnerhütte nach Hause gehen, aber zuerst sollte sie noch zum Geschäft laufen und für fünfundzwanzig Öre Hefe kaufen, darum hatte Mama sie gebeten. Und wer stand auf der Treppe zu Bergströms Gemischtwarenhandlung? Jonas Petter! Denn Bergström, das war ausgerechnet Jonas Petters Papa.

Da geschah es dann, das Unglaubliche, was Märit später nie mehr vergessen konnte. Gerade als sie an Jonas Petter vorbeigehen wollte, streckte er seine Faust aus und gab ihr eine Schachtel, so eine kleine, runde bemalte Blechdose mit Blumen auf dem Deckel und mit Liebesperlen und einem Ring darin. Warum Jonas Petter etwas so Verwegenes tat, wusste er sicher selbst nicht. Es war nur so ein Einfall, der ihm plötzlich in seinen runden Schädel kam. Kein Wort sagte er, gab ihr nur die Dose und ging davon. Auch Märit sagte kein Wort. Sie war zu erstaunt. Lange noch, nachdem Jonas Petter schon verschwunden war, stand sie da und sah verwundert auf die kleine grüne Dose in ihrer Hand.

Vielleicht muss man in einer Kätnerhütte geboren sein und sechs Geschwister haben, die sich um die Leckerbissen reißen, um so glücklich über so ein kleines Geschenk zu sein. Wenn man fast niemals einen Bonbon bekommt, dann ist eine Dose voller Liebesperlen eine himmlische Herrlichkeit!

Rasch aß Märit eine Liebesperle nach der anderen auf. Aber den Ring und die Dose versteckte sie. Das wurde ihr geheimer Schatz, von dem sie sich nie trennte.

Nein, Jonas Petter wusste sicher nicht, was er tat, als er Märit die Dose schenkte. Denn von diesem Tag an verfolgte Märit ihn mit einer beinahe unvernünftigen Verehrung, die Jonas Petter gar nicht mochte. Sie sprach eigentlich nie mit ihm, hielt sich nur in seiner Nähe und lachte über das ganze Gesicht, sobald er sie ansah. Die anderen Jungen hänselten ihn.

»Haha, Märit ist in Jonas Petter verliebt!«, schrien sie. Da wurde Jonas Petter wütend. Nicht auf die Jungen merkwürdigerweise, sondern auf Märit.

»Worüber grinst du eigentlich?«, sagte er böse zu ihr. Da verschwand das Lachen aus Märits Gesicht und sie sah verlegen aus. Das dauerte nicht lange. Als Jonas Petter das nächste Mal in ihre Richtung schaute, sah Märit genauso entzückt aus wie immer.

Einmal, kurz vor Weihnachten, las die Lehrerin der Klasse Märchen vor. Aus einem sehr feinen Märchenbuch las sie vor. Viele schöne Bilder waren darin.

»Guckt mal«, sagte Jonas Petter laut, »die Märchenprinzessin sieht ja genauso aus wie Märit!«

Da lachte die ganze Klasse und alle sagten, ja, die Märchenprinzessin sehe Märit tatsächlich sehr ähnlich. Die Lehrerin fand das auch. Märit wurde rot, ganz rot im Gesicht, während sie dort in ihrer Bank saß.

In der Pause kam Jonas Petter zufällig in ihre Nähe und da sagte er ein bisschen verächtlich: »Prinzessin Märit!«

Da wurde Märit noch einmal rot. Und Jonas Petter verschwand. Er hatte Wichtigeres zu tun, wie zum Beispiel mit einem Stein die Fahnenstange der Schule zu treffen und mit einem zahnlosen Jungen, der Harry hieß, Fingerhakeln zu machen. Märit aber dachte noch lange daran, dass sie der Prinzessin im Märchenbuch ähnlich war.

Die Tage vergingen und langsam wurde es Frühling. Es gibt etwas, was die Kinder anfliegt, wenn es Frühling wird.

»Ich glaube, die Kinder sind völlig wild«, sagen die Großen im Frühling, wenn die Kinder nicht einen Tag pünktlich von der Schule nach Hause kommen. Und sie haben Recht. Die Kinder *sind* völlig wild. Sie leben ein herrliches Leben, das keine Zeit kennt.

Mit der Schneeschmelze im März fängt es immer an. Da haben die Kinder vieles zu erledigen, wenn sie von der Schule nach Hause gehen. Auf den Wegen sind große Pfützen, durch die man hindurchwaten muss, dass das Wasser nur so spritzt. Manchmal hat sich auf Pfützen und Gräben eine dünne Eisschicht gelegt, die ordentlich zertreten werden muss, sodass man es richtig krachen hört. All so etwas braucht seine Zeit, das müssten die Großen verstehen und sich nicht darüber aufregen, dass das Essen kalt wird.

Im April ist es beinahe noch schlimmer. Die Bäche sprudeln, auf allen Wiesen gibt es hier und da richtige Wasserfälle. Man muss doch ausprobieren, ob man hinüberspringen kann. Manchmal passieren wirklich lustige Sachen, einer fällt hinein und wird ganz und gar nass. Mehr oder weniger nass sind *alle* Kinder in dieser wunderbaren Zeit. Das Wasser in den Bächen geht ja zum Glück weit über die Gummistiefel. Aber wenn jemand hineinfällt und von oben bis unten nass wird, so ist das wie ein kleines Extravergnügen und das Kinderlachen plätschert genauso munter über die Wiesen wie ein Frühlingsbach.

Und dann im Mai – wer kann da Mahlzeiten einhalten? Da werden überall auf den Höfen Lämmer und kleine Hunde geboren und die Wiesen sind voll von Himmelsschlüsselchen und die Sonne scheint

so warm auf alle Indianer und Bleichgesichter, die durch die Büsche schleichen.
Dieses Jahr kam der Frühling ungewöhnlich zeitig. Ach, wie viel Spaß hatte Märit in diesem letzten Frühling, den sie erlebte! Wie ein glücklicher kleiner Hund folgte sie den Spuren von Jonas Petter. Und Jonas Petter war vom großen Frühlingsrausch gepackt und ging an der Spitze seiner Kameraden über Berg und Tal. Bergsteigen ist auch so eine Sache, mit der sich Kinder im Frühling beschäftigen müssen. Die ganze Klasse ging an einem Nachmittag im Mai »bergsteigen«. So viel an Bergen gab es nun zwar nicht. Es war keine Alpenspitze, die bestiegen werden sollte, sondern ein bescheidener kleiner Hügel, der im Kiefernwald hinter der Schule aufragte. Aber da gab es doch Klüfte und Abhänge und Jonas Petter ernannte den Berg zum Himalaja und sagte:
»Vorsicht, meine Herren, äußerste Vorsicht!«
Er sagte nicht, dass die Damen vorsichtig sein sollten. Das hätte er wohl tun sollen.
Ganz oben auf dem Berg lag ein großer Stein.
»Guckt mal, Jungs«, sagte Harry, der Zahnlose, »guckt mal, dieser Stein ist ganz wacklig!«
Unten am Abhang stand Jonas Petter. Er hatte vergessen, dass er dabei war, den Himalaja zu besteigen. Eine kleine Eidechse lag in der Sonnenglut. Die musste er näher betrachten.
Sieben Jungen um einen Stein, der wacklig an einem Hügelabhang liegt – der Stein *muss* ins Rollen kommen. Das tat dieser auch. Er kam mit unheimlicher Schnelligkeit herunter, genau auf Jonas Petter zu.
»Jonas Petter, pass auf!«, schrie Harry.
Aber Jonas Petter merkte nichts.
Märit stand ein paar Schritte entfernt. Sie sah den Stein kommen,

sah, wie er sich Jonas Petters geneigtem Kopf näherte. Jonas Petter – er, der so ohne weiteres Dosen mit Liebesperlen verschenkte!
Aber der Stein erreichte Jonas Petter nie. Ein kleiner, weicher Mädchenkörper hielt ihn auf. Es war seltsam, dass er sich von etwas so Unbedeutendem aufhalten ließ. Vielleicht lag es daran, dass gerade an dieser Stelle ein kantiger Stein aufragte, an dem der kleine Körper Halt fand. Wo er eingeklemmt wurde.
Jonas Petter war es, der zuerst bei Märit war.
Diesmal schaffte sie es nicht, ihn anzulachen. Aber sie lächelte. Lächelte ein wenig und schloss die Augen.
Wer kann sagen, ob Märit Jonas Petter das Leben rettete, indem sie ihr eigenes opferte? Wer weiß, ob der Stein tatsächlich so böse getroffen hätte, wenn er seinen Weg hätte fortsetzen dürfen? Darüber dachte übrigens niemand weiter nach, am allerwenigsten Jonas Petter.
»Wie ist das nur geschehen?«, fragten nachher die Erwachsenen. Aber die Kinder wussten nichts. Sie wussten nicht, wie der Stein ins Rollen gekommen war oder warum er gerade Märit getroffen hatte.
»Sie hat nur gelacht und ist dem Stein geradewegs entgegengelaufen«, sagte eins der Mädchen.
»Ja, sie hat immer gelacht, dieses Mädchen«, sagte Jonas Petter verdrießlich.
»Schaut, was sie in der Schürzentasche hat«, sagte die Gemeindeschwester, die sich um Märit kümmerte. »Eine Geschenkdose. Die ist ganz platt gedrückt. Oh, oh, oh, die arme Kleine!«
Zu Hause in der grauen Hütte fiel es gar nicht sehr auf, dass Märit fort war. In dem Bett, in dem sonst drei Kinder gelegen hatten, lagen zwei, das war der einzige Unterschied. Nein, es fiel gar nicht sehr auf.

Aber jetzt war Sonntag. Der Sonntag, an dem Märit beerdigt werden sollte. Jonas Petter ging mit der schwedischen Fahne an der Spitze der Schulkinder. Heiß war es, dass die Birken am Friedhof in der Wärme dampften und die Himmelsschlüsselchen und Maiglöckchen in den Fäusten der Kinder die Köpfe hängen ließen. Der Pastor wischte sich mit seinem weißen Taschentuch den Schweiß von der Stirn und sprach Worte des Trostes für alle, die um Märit weinten. Natürlich weinten sie. Ihre Mutter, ihr Vater und die kleinen schwarz gekleideten Geschwister und die Lehrerin – alle zusammen. Und dort standen in einer Schar für sich die Klassenkameraden. »Wo findet die Seele die Heimat, die Ruh«, sangen sie mit ihren hellen Stimmen. Sie waren so traurig, dass Märit tot war. Nachher aber, als alles vorüber war, gingen sie zu einem Holzstapel hinter dem Schulhaus, um ein Vogelnest anzusehen, das Jonas Petter dort gefunden hatte. Oh, war das ein niedliches Vogelnest, mit fünf kleinen hellblauen Eiern darin. Ihre Flachsköpfe drängten sich gegeneinander, um richtig sehen zu können, wie niedlich es war. Und dann dachten sie nicht mehr so viel an Märit.

Pelle zieht aus

Pelle ist böse, ja, er ist derartig böse, dass er beschlossen hat, von zu Hause wegzuziehen. Man *kann* einfach nicht weiter bei einer Familie wohnen, wo man *so* behandelt wird.

Das war heute Morgen, als Papa ins Büro gehen wollte und seinen Füllfederhalter nicht finden konnte.

»Pelle, hast du schon wieder meinen Füllfederhalter genommen?«, fragte Papa und packte Pelle hart am Arm. Pelle hatte Papas Füller schon oft ausgeliehen. Aber nicht heute. Heute steckte der Füller in Papas brauner Jacke, die im Schrank hing. Pelle war vollkommen unschuldig. Und Papa, der ihn so hart am Arm gepackt hatte? Und Mama? Sie hielt natürlich zu Papa. Das muss jetzt ein Ende haben! Pelle will ausziehen.

Aber wohin? Er kann zur See gehen. Das kann er. Aufs Meer, wo die großen Schiffe und die großen Wellen sind. Dort kann man sterben. Dann soll es denen zu Hause Leid tun. Er kann auch nach Afrika fahren, wo wilde Löwen herumlaufen. Wenn Papa dann aus dem Büro nach Hause kommt und wie immer fragt: »Wo ist mein kleiner Pelle?«, dann weint Mama und sagt: »Pelle ist von einem Löwen aufgefressen worden.«

Ja, ja, so geht es, wenn man ungerecht ist!

Aber Afrika ist so weit weg. Pelle würde gern etwas mehr in der Nähe bleiben, damit er sehen kann, wie Papa und Mama nach ihm weinen. Pelle beschließt deshalb, nach »Herzhausen« zu ziehen. Herzhausen – so nennen sie das kleine rote Häuschen unten im Hof mit dem

Herz in der Tür. Dorthin wird er ziehen. Er fängt sofort an zu packen, seinen Ball, seine Mundharmonika und »Hänschen im Blaubeerwald«. Und dann noch eine Kerze; denn in zwei Tagen ist doch Weihnachten und Pelle will in Herzhausen Weihnachten feiern. Da will er dann sein kleines Licht anzünden und »Ihr Kinderlein kommet« auf der Mundharmonika spielen. Das wird sehr traurig klingen und es wird bis hinauf zu Mama und Papa zu hören sein. Pelle zieht sich seinen feinen, hellblauen Mantel und die Handschuhe an und setzt die Pelzmütze auf. Und dann nimmt er die große Papiertüte mit dem Ball und der Mundharmonika und der Kerze in die eine Hand und »Hänschen im Blaubeerwald« in die andere. Und dann geht er noch einmal durch die Küche, damit Mama sehen kann, dass er jetzt auszieht.

»Aber Pelle, willst du schon rausgehen?«, fragt Mama.

Pelle antwortet nicht. Rausgehen, ha! Sie sollte nur wissen!

Mama sieht, dass Pelle eine tiefe Falte auf der Stirn hat und dass seine Augen so dunkel sind.

»Pelle, Liebling, was hast du, wo willst du hin?«

»Ich ziehe um!«

»Wohin denn?«, fragt Mama.

»Nach Herzhausen«, sagt Pelle.

»Pelle, das kann doch nicht dein Ernst sein! Wie lange willst du dort wohnen?«

»Immer«, sagt Pelle und legt die Hand auf den Türgriff. »Dann kann Papa ja jemand anders die Schuld geben, wenn sein alter Füller wegkommt.«

»Lieber, guter Pelle«, sagt Mama und schlingt die Arme um ihn. »Willst du nicht doch bei uns bleiben? Wir sind vielleicht manchmal ungerecht, aber wir haben dich doch so lieb, so lieb.«

Pelle zögert. Aber nur einen Augenblick. Dann schiebt er Mamas

Arm beiseite, wirft ihr einen letzten vorwurfsvollen Blick zu und wandert die Treppe hinunter.
Mama guckt aus dem Esszimmerfenster und sieht, wie eine kleine, hellblaue Gestalt hinter der Tür mit dem Herz verschwindet.
Eine halbe Stunde vergeht. Da hört Mama einige schwache Mundharmonikatöne, die von Herzhausen herüberklingen. Es ist Pelle, er spielt »Nun ade, du mein lieb Heimatland«.
Herzhausen ist ein richtig gemütlicher Ort, findet Pelle. Für den Anfang jedenfalls. »Hänschen im Blaubeerwald« und den Ball und die Mundharmonika hat er so hingelegt, dass es so gemütlich wie möglich aussieht. Und die kleine Kerze hat er ins Fenster gestellt. Oh, wie traurig wird sie dort am Weihnachtsabend leuchten, falls Papa und Mama zu ihm heruntersehen. Aus dem Esszimmerfenster. Am Esszimmerfenster steht immer der Weihnachtsbaum. Der Weihnachtsbaum, ach ja. Und – und die Weihnachtsgeschenke.
Pelle schluckt.
Nein, er wird keine Weihnachtsgeschenke annehmen von Leuten, die behaupten, dass er Füllfederhalter stiehlt.
Er spielt noch einmal »Nun ade, du mein lieb Heimatland«. Aber die Zeit in Herzhausen wird lang, sehr lang. Was Mama wohl gerade macht? Papa muss wohl inzwischen auch schon nach Hause gekommen sein.
Pelle würde so gern in die Wohnung hinaufgehen und sehen, ob sie sehr weinen. Aber es ist schwer, einen Grund dafür zu finden.
Dann hat er einen Einfall und er öffnet rasch den Riegel an der Tür und geht, nein, läuft beinahe über den Hof und die Treppen hinauf.
Mama ist immer noch in der Küche.
»Mama«, sagt Pelle, »wenn für mich Weihnachtskarten kommen sollten, sagst du dann wohl dem Briefträger, dass ich ausgezogen bin?«

Mama verspricht es zu tun. Pelle geht zögernd wieder zur Tür. Seine Füße fühlen sich so schwer an.
»Pelle«, sagt Mama mit ihrer weichen Stimme, »Pelle – aber was sollen wir mit deinen Weihnachtsgeschenken machen? Sollen wir die nach Herzhausen hinunterschicken oder kommst du herauf und holst sie?«
»Ich will keine Weihnachtsgeschenke haben«, sagt Pelle mit zitternder Stimme.
»Oh, Pelle«, sagt Mama, »das wird aber ein trauriger Heiligabend. Kein Pelle, der die Kerzen am Tannenbaum anzündet, kein Pelle, der dem Weihnachtsmann die Tür aufmacht... Alles, alles ohne Pelle...«
»Ihr könnt euch ja einen anderen Jungen anschaffen«, sagt Pelle mit zitternder Stimme.
»Nie im Leben!«, sagt Mama. »Pelle oder keinen! Wir haben doch nur unseren Pelle so furchtbar lieb.«
»Ach so«, sagt Pelle mit noch mehr Zittern in der Stimme.
»Papa und ich, wir werden hier herumsitzen und den ganzen Heiligabend weinen. Wir werden nicht einmal die Lichter anzünden. Oh, wie werden wir weinen!«
Da lehnt Pelle den Kopf an die Küchentür und weint auch, er weint so herzzerreißend, so laut, so durchdringend – so schrecklich! Denn er hat solches Mitleid mit Papa und Mama. Und als Mama ihre Arme um ihn legt, bohrt er sein Gesicht an ihren Hals und weint noch mehr, so sehr, dass Mama ganz nass wird.
»Ich verzeihe euch«, sagt Pelle zwischen den Schluchzern.
»Danke, lieber Pelle«, sagt Mama.

Viele, viele Stunden später kommt Papa aus dem Büro nach Hause und ruft wie immer schon in der Diele: »Wo ist mein kleiner Pelle?«
»Hier!«, schreit Pelle und wirft sich ihm in die Arme.

Gute Nacht, Herr Landstreicher!

Es war am Sonntag vor Weihnachten und Mama und Papa wollten zur Beerdigung. Eigentlich war es eine ganz verrückte Zeit für eine Beerdigung, aber manchmal kommt es vor, dass mitten im Weihnachtsgroßreinmachen Leute sterben.

Die Kinder sollten allein zu Hause bleiben. So schlimm war das gar nicht. Sie sollten am Küchentisch sitzen und Tannenbaumschmuck aus Glanzpapier schneiden. Der Speiseschrank war voll Weihnachtsessen – falls sie Hunger bekommen sollten. Und außerdem hatten sie eine ganze Schüssel voller Karamellbonbons, hellbraune mit vielen Mandeln darin. Sie blieben so herrlich an den Zähnen hängen und waren ganz zäh und klebrig und sie waren extra zu Weihnachten gemacht.

Es gab nur eine Sache, die Mama Sorge machte.

»Seht zu, dass ihr die Tür geschlossen haltet«, sagte sie. »Lasst bloß keinen Landstreicher ins Haus.«

Es war nämlich zu jener Zeit, in der viele, viele Landstreicher unterwegs waren. Landstreicher unterschiedlicher Art. Freundliche, etwas schüchterne Landstreicher, die sich scheu auf einen Stuhl bei der Tür setzten und kein Wort sagten. Gesprächige Landstreicher, die fantasierten und Geschichten erfanden. Betrunkene Landstreicher, die manchmal guter Laune waren und manchmal das Messer zogen. Und dann solche Landstreicher, die so verlaust waren, dass Mama den Stuhl abfegen musste, wenn sie gegangen waren. Mama konnte Landstreicher gar nicht leiden. Wenn sie ih-

nen auch große, dicke Butterbrote mit viel kaltem Fleisch darauf gab.

Jetzt aber sollten, wie gesagt, die Kinder ganz allein im Haus bleiben. »Lasst keinen Landstreicher rein«, war das Letzte, was Mama noch sagte, bevor sie hinausging und sich in den Schlitten setzte, wo Papa es schon eine Weile schwer gehabt hatte, die Pferde still zu halten.

Nein, die Kinder dachten nicht daran, einen Landstreicher hereinzulassen. Sie schnitten Tannenbaumschmuck und hatten viel Spaß dabei. Sven zeigte seinen kleinen Schwestern, wie man Körbchen flechten musste. Und dann sprachen sie von Weihnachten und wurden sich einig, dass weiche Pakete ein Gräuel waren, wenn es sich um Weihnachtsgeschenke handelte. Weiche Pakete – das waren Strümpfe und Handschuhe und ähnliche schreckliche Sachen. Nein, harte Pakete mussten es sein. Harte Pakete enthielten Puppen und Zinnsoldaten und andere Sachen, die das Leben lebenswert machten.

Und sie aßen Karamellbonbons, dass ihre Backen aussahen wie die Backen von knubbeligen Kirchenengeln. Ein trauriger Sonntag war es absolut nicht.

Der Riegel an der Küchentür war ordentlich vorgeschoben. Aber dann musste Sven mal rausgehen. Und als er wieder hereinkam, vergaß er den Riegel wieder vorzuschieben. Denn Anna und Inga-Stina rauften sich gerade um die Schere und Sven musste sie trennen.

Die Wanduhr im Schlafzimmer schlug sieben zitternde Schläge. Gerade als sie verklungen waren, klopfte es an der Tür.

»Herein«, rief Sven in der Eile. »Ach nein, bloß nicht...«, sagte er dann noch. Aber es war schon zu spät.

Die Tür ging auf und jemand kam herein. Ein Landstreicher war es, der hereinkam, ein richtiger Landstreicher. Das konnte sogar Inga-Stina sehen und sie begann vor Entsetzen zu weinen.

»Was ist mit dir los?«, fragte der Landstreicher. »Hast du Bauchweh?«
Inga-Stina heulte noch lauter. Sven und Anna wurden knallrot im Gesicht. Sven ging dem Landstreicher entgegen und begann zu stottern: »Wir... wir sind allein zu Haus und... Herr Landstreicher, Sie müssen wieder gehen...« Aber sobald es heraus war, begriff er, wie dumm es gewesen war zu erzählen, dass sie allein im Hause waren.
»Aber Papa und Mama kommen gleich«, fügte er deshalb schnell hinzu. »Sie kommen sehr bald!«
»Sie können jede Minute da sein«, sagte Anna und fühlte sich ein bisschen getröstet, als sie es gesagt hatte.
Inga-Stina heulte weiter.
»Schneidet ihr Körbchen für den Tannenbaum?«, fragte der Landstreicher und kam an den Küchentisch. »Ihr wisst nicht, was ich machen kann«, redete er weiter und nahm die Schere und ein Stück Glanzpapier. Er faltete das Papier viele Male zusammen und dann schnitt er hinein. Dann faltete er es auseinander – und oh, was für ein wunderbares Sternenmuster war es da geworden! Es war die reinste Zauberei!
»Nein, wirklich...«, sagten die Kinder und sperrten die Augen auf.
Dann machte der Landstreicher auch noch ein Körbchen für den Tannenbaum. Das war so winzig klein, dass es unmöglich zu begreifen war, wie seine großen Hände ein so kleines Körbchen überhaupt flechten konnten.
»So ein kleines Körbchen«, sagte Anna.
»Da passt nur *eine* Rosine rein, wenn es am Tannenbaum hängt«, sagte der Landstreicher stolz.
»Was Sie alles können, Herr Landstreicher«, sagte Sven.
»Herr Landstreicher«, sagte er, weil er glaubte, es sei am klügsten, sehr höflich zu sein.

»Ich kann noch viel mehr«, sagte der Landstreicher, »ich kann zaubern!«
»Nein, also...«, sagten die Kinder.
»Guckt mal«, sagte der Landstreicher und dann holte er einen Karamellbonbon aus Inga-Stinas Ohr.
»Habe ich in meinem anderen Ohr nicht auch noch einen Karamellbonbon?«, fragte Inga-Stina und hörte auf zu weinen.
Und da holte der Landstreicher aus Inga-Stinas anderem Ohr auch einen Bonbon hervor.
»Nein, also...«, sagten die Kinder.
»Jetzt muss ich mit meinem Bruder sprechen«, sagte der Landstreicher. »Der wohnt in Amerika!«
»Wie können Sie denn dann mit ihm sprechen, Herr Landstreicher?«, fragte Anna.
»Durch meine geheime Erfindung«, antwortete der Landstreicher.
»Was ist das für eine geheime Erfindung?«, fragte Sven.
»Die sitzt im Bauch«, sagte der Landstreicher. »Ich hab einen Apparat im Bauch und mit dem kann ich hören, was mein Bruder sagt.«
»Nein, also...«, sagten die Kinder.
»Hallo, Charlie«, schrie der Landstreicher. »Charlie, das ist mein Bruder«, erklärte er den Kindern. »Kalle hieß er, als er noch zu Hause in old Sweden wohnte. Hallo, Charlie!«, schrie er noch einmal.
Und tatsächlich, da hörten Sven und Anna und Inga-Stina eine Stimme aus dem Bauch des Landstreichers, die sagte:
»Hallo, Nisse, wie geht's dir?«
»Na ja, es geht so«, sagte der Landstreicher. »Und dir selbst, Charlie?«
»Ich grabe nach Gold«, antwortete die Stimme aus dem Bauch. »Heute hab ich dreißig Pfund ausgegraben.«

»Finos puros«, sagte der Landstreicher. Was das nun bedeuten mochte.
»Morgen schick ich dir hundert Taler in einem Briefumschlag«, sagte die Bauchstimme.
»Finos puros«, sagte der Landstreicher wieder. »Da kaufe ich mir einen rot gestreiften Anzug – einen mit kleinen Schleifen dran. Hallo, Charlie!« Aber Charlie sagte nichts mehr.
»Hundert Taler krieg ich morgen«, sagte der Landstreicher zufrieden und guckte die Kinder lächelnd an.
»Ist das möglich?«, sagten Sven und Anna und Inga-Stina. Eine Weile war es still.
»Können Sie noch mehr, Herr Landstreicher?«, fragte Sven höflich.
»Ich kann so tun, als sei ich ein Betrunkener, der von der Polizei festgenommen wird«, sagte der Landstreicher und legte los.
Inga-Stina nahm einen neuen Karamellbonbon und stopfte ihn in ihren Kirchenengelmund. Aber da war der Landstreicher gerade so über alle Maßen lustig, wie er durch die Küche torkelte.
Inga-Stina musste lachen. Und da blieb ihr der Karamellbonbon im Halse stecken.
»Iiiiiih«, sagte Inga-Stina und wurde blau im Gesicht. Sie fuchtelte verzweifelt mit den Armen in der Luft herum.
»Ausspucken!«, schrien Sven und Anna. Aber Inga-Stina konnte nicht spucken. Der Bonbon saß, wo er saß.
Da kam der Landstreicher. Mit einem Satz war er bei Inga-Stina. Jetzt war er kein schaukelnder Trunkenbold mehr. Er steckte zwei Finger in Inga-Stinas Hals und holte den Bonbon heraus.
Inga-Stina schrie auf und spuckte noch ein ganz kleines bisschen auf die Wachstuchdecke. Dann lächelte sie und sagte:
»Können Sie noch mehr, Herr Landstreicher? Spielen Sie noch ein bisschen betrunken. Das war so lustig.«

»Ich kann Lieder singen«, antwortete der Landstreicher. Und dann sang er ein sehr trauriges Lied von einem schönen Mädchen, das von einem Löwen zerrissen wurde.
»Wir können auch Lieder singen«, rief Anna. Und dann sangen die Kinder dem Landstreicher ein Lied vor.

> Und Jona raufte sich den Bart,
> ging nicht nach Ninive,
> obwohl es ihm befohlen ward.
> Er aber stach in See.
>
> Du mach es nicht wie der Prophet,
> denn siehe, wie es ihm ergeht:
> Ein Sturm brach los, zerschellt das Schiff
> erbarmungslos am Felsenriff.

Der Landstreicher sagte, er wolle es nicht so machen wie der Prophet Jona.
»Können Sie noch mehr, Herr Landstreicher?«, fragte Inga-Stina.
»Ich kann arabisch sprechen«, sagte der Landstreicher.
»Ist das möglich?«, sagten die Kinder.
»Petschingera, petschingera bibbilibysch«, sagte der Landstreicher.
»Was heißt das?«, fragte Sven.
»Das heißt: Ich habe Hunger«, sagte der Landstreicher.
»Ich auch«, sagte Inga-Stina.
Da fiel Anna ein, dass sie noch kein Abendbrot gegessen hatten. Sie ging zur Speisekammer und holte Weihnachtswurst und Sülze und kalten Braten und Rippchen und Anisbrot und Sirupbrot und Butter und Milch.
Sie räumten das Glanzpapier und die Schere weg und deckten den Tisch.

»Gott segne die Mahlzeit«, sagte Inga-Stina. Und dann begannen sie. Der Landstreicher auch. Eine lange Weile sagte er gar nichts mehr. Er aß nur. Er aß Wurst und Sülze und kalten Braten und Rippchen und Butterbrote und trank Milch dazu. Und dann aß er noch mehr Wurst und Sülze und Braten und Rippchen und Butterbrote und trank noch mehr Milch dazu. Es war erstaunlich, was er essen konnte.

Zum Schluss rülpste er und sagte: »Manchmal esse ich mit den Ohren!«

»Nein, also, ist das möglich?«, sagten die Kinder.

Er nahm ein Stück Wurst und steckte es in eins seiner großen Ohren. Die Kinder saßen voller Erwartung da. Sie wollten sehen, ob er auch mit dem Ohr kauen konnte. Das tat er nun nicht. Aber plötzlich war die Wurst verschwunden.

Ja, es war wirklich ein bemerkenswerter Landstreicher. Aber dann saß er eine ganze Weile da und sagte kein Wort.

»Können Sie noch mehr, Herr Landstreicher?«, fragte Inga-Stina.

»Nein, jetzt kann ich nichts mehr«, antwortete der Landstreicher mit veränderter Stimme. Sie klang plötzlich sehr müde.

Er stand auf und ging zur Tür.

»Ich muss jetzt gehen«, sagte er.

»Wohin denn?«, fragte Sven. »Wohin gehen Sie, Herr Landstreicher?«

»Raus!«, sagte der Landstreicher und ging. Aber in der Tür drehte er sich noch einmal um.

»Ich komme wieder«, sagte er. »Ich komme wieder, wenn in einer Woche zwei Donnerstage sind. Und dann bringe ich euch meine zahmen Läuse mit – die können nämlich Polka tanzen.«

»Nein, also, ist das möglich?«, sagte Inga-Stina.

»Auf die Läuse freue ich mich«, sagte Sven.

Die Kinder folgten ihm bis zur Verandatreppe. Es war sehr dunkel draußen. Die Zweige der Apfelbäume spreizten sich schwarz und traurig vor dem Himmel. Der Weg dehnte sich wie ein dunkles unendliches Band und verschwand irgendwo, wo nichts mehr zu sehen war.
»Gute Nacht, Herr Landstreicher«, sagte Sven und machte einen tiefen Diener.
»Gute Nacht, Herr Landstreicher«, sagten Anna und Inga-Stina.
Aber der Landstreicher antwortete nicht. Er ging nur. Er drehte sich nicht mehr um.
Und unten, vom Hügel, hörten die Kinder den Schlitten kommen.
Dann dauerte es nicht mehr lange und Heiligabend war da mit all seinen unermesslichen Freuden. Mit harten Paketen und weichen Paketen und Kerzen in allen Winkeln und Duft nach Tannenzweigen und Äpfeln. Ach, wenn so ein wunderbarer Tag doch ein bisschen öfter im Jahr kommen und dann nicht so schnell zu Ende gehen würde.
Aber Weihnachtsabende *gehen* zu Ende! Inga-Stina war über allem auf dem Sofa im Weihnachtszimmer eingeschlafen. Sven und Anna standen am Küchenfenster und guckten hinaus.
An diesem Abend schneite es über ganz Småland. Ein wirbelnder Schnee fiel auf Tomtabacken und Taberg und Skurugata und Åsnen und Helgasjö, ja, auf alle Wälder und Seen und Wiesen und die steinigen Äcker in ganz Småland fiel er. Er fiel auch auf all die kleinen hügeligen Wege und legte sich schwer auf die Zäune, die die Wege begrenzten. Vielleicht fiel er auch auf irgendeinen armen Teufel, der gerade einen Weg entlangwanderte.
Anna hatte den Landstreicher vergessen. Sie hatte gar nicht mehr an ihn gedacht, seit er verschwunden war. Aber jetzt, hier am Küchenfenster, als sie ihre Nase gegen die Fensterscheibe drückte, jetzt fiel er ihr ein.

»Sven«, sagte sie, »wo, glaubst du, ist der Landstreicher heute Abend?«
Sven dachte einen Augenblick nach, während er an seinem Marzipanschwein lutschte.
»Vielleicht ist er unterwegs im Kirchspiel Locknevi«, sagte er.

Lotta kann fast alles

Mit mir ist es komisch«, sagte Lotta. »Ich *kann* so viel!« Sie hatte gerade Jonas und Mia-Maria vorgemacht, wie gut sie pfeifen konnte, kein Wunder also, dass sie mit sich zufrieden war!

»Wenn ich so drüber nachdenke, kann ich eigentlich *alles*«, sagte sie.

»Haha, du kannst also alles«, sagte Mia-Maria. »Gib doch bloß nicht so an!«

Jonas überlegte ein Weilchen.

»Slalom laufen, kannst du das?«

Das sagte er nur, weil er es selbst gerade lernte. Lotta wurde böse.

»Hab ich das denn gesagt? Dass ich Slalom kann?«

»Du hast doch gesagt, du kannst *alles*.«

»Kann ich ja auch«, sagte Lotta. »Alles außer Slalom.«

»Na klar doch«, sagte Jonas und dann nahmen er und Mia-Maria ihre Skier und gingen zu dem großen Skihügel, denn sie hatten gerade Ferien bekommen und es gab viel Schnee.

Lotta wollte auch Ski laufen. Aber nicht auf dem großen Skihügel. Ich kann ja hier im Garten Slalom lernen, dachte sie. So unheimlich schwer kann das ja nicht sein. Zuerst fährt man in die eine Richtung und dann in die andere und die ganze Zeit über wedelt man mit dem Po. Mit dem Po wedeln kann ich überhaupt schon, dachte sie und probierte eine Zeit lang aus, wie gut sie es konnte.

Doch bevor sie sich ernsthaft an das Slalomlaufen machte, wollte sie erst mal nachschauen, was Mama tat.
In dem gelben Haus in der Krachmacherstraße, wo sie wohnten, war Mama in der Küche bei der Weihnachtsbäckerei. Sie hetzte und wetzte und hatte es sehr eilig. Trotzdem freute sie sich, als Lotta kam.
»Lotta, lauf doch mal zu Tante Berg rüber und bring ihr einen Weihnachtsstollen«, sagte sie. »Und frag sie auch, ob du ihr sonst wie helfen kannst.«
Das wollte Lotta gern.
»Ja, denn das kann ich *auch*. Kranken Leuten helfen. Ich kann alles – fast alles!«
Tante Berg wohnte im Haus nebenan und es ging ihr gar nicht gut. Sie hatte so einen Druck auf der Brust und darum Atemnot, das wusste Lotta.
»Ich nehm Teddy mit, dann freut sich Tante Berg«, sagte Lotta.
Teddy war gar kein Teddy, sondern ein altes Stoffschweinchen, das Lotta bekommen hatte, als sie noch ganz klein war, und sie schleppte es überall mit sich herum, obwohl sie jetzt schon groß war. Sogar schon über fünf.
Mama legte den Stollen in eine Plastiktüte und wickelte oben einen Gummiring darum.
»Grüß Tante Berg auch schön«, sagte sie, als sie Lotta die Tüte gab. »Und nimm doch bitte gleich die Abfalltüte mit, du gehst ja sowieso an der Mülltonne vorbei.«
»Nur her damit!«, sagte Lotta. »Ich kann alles.«
Auch um die Abfalltüte wickelte Mama einen Gummiring. Obenauf in der Tüte lag der Kopf des Fisches, den sie am Tag vorher zum Mittag gegessen hatten, und er glotzte Lotta durch die Plastiktüte hindurch mit grässlichen weißen Augen an.
»Igitt!«, sagte Lotta und hielt die Tüte so, dass auch Teddy den Kopf

sehen konnte. »In der Tüte ist ein Monster«, erklärte sie ihm. »Aber gleich pfeffere ich es in die Mülltonne, haha!«
Dann ging Lotta. In jeder Hand hielt sie eine Tüte und unter dem einen Arm ihren Teddy.
Vor der Küchentür standen ihre Skier. Und sie wollte ja Slalom lernen, das hatte sie sich vorgenommen. Möglichst noch, bevor Jonas und Mia-Maria nach Hause kamen.
»Wir laufen Slalom zu Tante Berg«, sagte sie zu Teddy und schnallte sich die Skier an. Lotta war es zwar gewohnt, ohne Stöcke Ski zu laufen, aber nicht mit einer Plastiktüte in jeder Hand und dem Teddy unterm Arm.

»Es geht nicht«, sagte sie zu Teddy. »Ich muss dich zu dem Stollen packen, es hilft nichts.«
Sie quetschte ihn in die Tüte und wickelte den Gummiring dann wieder darum. Freilich sah Teddy sie mit traurigen Augen durch die Plastiktüte hindurch an. »Es dauert ja nicht lange«, sagte sie tröstend. »Und wenn du Hunger kriegst, kannst du ja am Stollen knabbern. Aber nicht so, dass es zu sehen ist.«
Danach zeigte sie Teddy, wie man es macht, mit einer Plastiktüte in jeder Hand Slalom zu fahren.
»Zuerst in diese Richtung«, sagte sie und flitzte im Bogen um den Apfelbaum herum. »Und dann in die andere«, sagte sie und fuhr auf den Kirschbaum zu. Mit dem Po wedelte sie auch, wenn sie gerade daran dachte. Ab und zu vergaß sie es zwar, aber es ging trotzdem gut. Und schnell außerdem. Zur Mülltonne hinunter führte ein kleiner Abhang und dort wurde sie ganz schnell, bremste in letzter Sekunde nur kurz und schmiss die Tüte hinein. Dann sauste sie weiter.
Als Lotta bei Tante Berg ankam, litt sie selber auch ein bisschen an Atemnot. Natürlich nicht so schlimm wie Tante Berg. Tante Berg lag in ihrem Bett und atmete schwer.
»Hast du immer noch Atem nötig?«, fragte Lotta gleich, als sie reinkam.
Tante Berg antwortete, es sei ein klein bisschen besser. Aber noch längst nicht richtig gut.
»Ein Glück für dich, dass ich gekommen bin«, sagte Lotta. »Rat mal, was ich dir mitgebracht hab!«
Sie hielt die Tüte hinter den Rücken, damit Tante Berg sie nicht sehen konnte.
»Ja, was kann das wohl sein?«, staunte Tante Berg.
»Es ist was zu essen. Und fängt mit STOLL an, aber was es ist, sag

ich nicht. Man kann auch sagen, dass es mit KUCH anfängt«, sagte Lotta, um Tante Berg auf die Sprünge zu helfen.
»STOLL und KUCH«, sagte Tante Berg. »Nein, das kann ich nicht raten.«
»Man kann sich Scheiben davon abschneiden und Butter draufschmieren«, half Lotta ihr weiter. »Aber mehr sag ich nicht. Nun rat doch schon!«
»STOLL... sollte es am Ende ein Stollen sein?«, fragte Tante Berg. Lotta lachte.
»Ja, genau! Und KUCH bedeutet Kuchen, verstehst du?«
Sie hielt Tante Berg die Tüte hin. In demselben Augenblick schrie sie auf. Denn in der Tüte war gar kein Stollen.
»Dieses Mistmonster!«, schrie Lotta. Denn jetzt hatte sie die Fischaugen gesehen, die sie durch die Plastiktüte anglotzten.
»Hast du mir ein Monster mitgebracht?«, rief Tante Berg sehr ver-

wundert. Doch da war Lotta schon halb zur Tür hinaus … O weh, wo war ihr Teddy? Und Tante Bergs Stollen?
In der Mülltonne natürlich!
Dem Weinen nahe, lief sie den Weg zurück. Denn ihr war ja klar, wie schrecklich es für Teddy so mutterseelenallein da unten im Stockdunkeln sein musste.
»Armer Teddy!«, jammerte sie und stemmte den Deckel der Tonne hoch. Dann aber stieß sie ein Gebrüll aus, das man die ganze Krachmacherstraße entlang hören konnte. Die Tonne war leer. Darin lagen kein Teddy und kein Stollen! Denn es war ja Freitag. Und am Freitag kam immer Kalle Fransson mit dem Müllauto angefahren und leerte alle Tonnen in der Krachmacherstraße.
»Mein Teddy!«, schrie Lotta und stürzte wieder auf die Straße.
Das Müllauto stand ganz hinten vor Larssons Bäckerei und sie sah, wie Kalle Fransson gerade Larssons Abfallsack hinten in den großen, offenen Schlund warf. Drinnen im Auto gab es eine Art Mühle, die alle Müllsäcke zu Mus zermahlte, das wusste Lotta. Kalle Fransson hatte es ihr einmal gezeigt.
Lotta schrie, oh, sie schrie wie am Spieß! Denn ihr war ja klar, dass es mit Teddy jetzt aus war, dass er nur noch ein Häuflein Hackepeter und kein Teddy mehr war. Und das war ihre Schuld!
»Warum heulst du denn so?«, fragte Kalle.
»Mein Teddy!«, schrie Lotta. »Du hast meinen Teddy kaputtgestampft.«
Als Kalle begriff, was los war, wurde er fast ebenso traurig wie Lotta. Lotta aber schrie und heulte nur immer weiter.
»Mein Teddy! Mein lieber Teddy!« Und sie warf Kalle Fransson einen bitterbösen Blick zu, dabei konnte er ja wirklich nichts dafür.
»Und Tante Bergs Stollen, daraus hast du auch Hackepeter gemacht«, schrie Lotta.

»Ein Stollen?«, fragte Kalle. »Lag der obenauf in der Tonne in einer Plastiktüte?«
»Ja, denk mal an, so war es! Und der Teddy auch«, heulte Lotta. »Und jetzt ist er tot!«
»Ja, aber diese Tüte habe ich mir beiseite gelegt«, sagte Kalle. »Weil ich ja immer Futter für mein Vogelhäuschen brauche.«
Lotta schluchzte noch einmal und dann war sie still. Während sie dastand und zusah, wie Kalle in das Fahrerhäuschen kletterte, um eine Tüte zu holen, kribbelte es ihr im ganzen Körper, denn – Himmel! – wenn es nun nicht die richtige Tüte war!
Es war aber die richtige.
»Einen Teddy habe ich darin gar nicht gesehen«, sagte Kalle.
»Nicht?«, fragte Lotta. »Du hast nicht gesehen, dass da drin jemand mit ganz traurigen Augen lag?« Sie riss die Tüte auf und holte ihren Teddy heraus und sie drückte und küsste ihn und sagte immer wieder: »Sei mir nicht böse, Teddy, sei mir nicht böse!«
Dann entdeckte sie plötzlich die andere Tüte, die mit dem Monster, die sie in den Schnee geworfen hatte. Mit einem Wutschrei griff sie danach und schleuderte sie mitten hinein in den Rachen des Müllautos.
»So, jetzt wirst du zu Monsterbrei«, sagte sie, »und dann ist es aus mit deinem Geglotze!«
Dann ging Lotta zu Tante Berg zurück, in der einen Hand Teddy und in der anderen den Stollen.
»Nie wieder lerne ich Slalom«, versprach sie Teddy. »Denn nur dabei konnte so was Dummes passieren.«
»Hattest du den Stollen irgendwo liegen lassen?«, fragte Tante Berg, als Lotta zurückkam.
»Nee, nee«, sagte Lotta. »Der hat nur einen kleinen Abstecher mit Teddy gemacht.«

ABC 5921

Und dann durfte Teddy bei Tante Berg im Bett liegen und Lotta zeigte, wie gut sie alles konnte. Sie goss kannenweise Wasser auf Tante Bergs Topfpflanzen. Und auch Skotty, Tante Bergs wütender kleiner Hund, kriegte eine Schüssel voll, obwohl er Lotta die ganze Zeit nur ankläffte.

Und Lotta schüttelte Tante Bergs Kissen auf, damit sie es richtig gemütlich hatte, und schnitt dicke Scheiben vom Stollen ab und bestrich sie mit Butter und die musste Tante Berg essen, denn so was tut gut, wenn man Atem nötig hat, sagte Lotta. Sie spülte auch ein wenig Geschirr und fegte das Zimmer aus und war selber ganz verblüfft, wie gut sie alles konnte.

»Aber anstrengend ist das«, sagte Lotta. »Soll ich noch was für dich tun?«

»Ja, würdest du mir am Kiosk eine Zeitung kaufen?«, fragte Tante Berg.

Das wollte Lotta gern.

»Die haben da unheimlich gute Bonbons«, verriet sie Tante Berg. »Und morgen ist Samstag und da ist ja unser Naschtag.«

Tante Berg gab ihr Geld für die Zeitung und außerdem kriegte Lotta eine ganze Krone dazu, weil sie Tante Berg so tüchtig geholfen hatte.

»Aber vorher muss ich schnell noch mal nach Haus«, sagte Lotta. »Ich will mir nämlich den Weihnachtsbaum angucken, den Papa gekauft hat. Er wollte ihn in der Mittagspause mitbringen.«

Er wollte, ja! Aber Lotta kam gerade in dem Augenblick in die Küche, als Papa das Schreckliche erzählte.

»In der ganzen Stadt gibt es keinen einzigen Weihnachtsbaum mehr.«

Mama, die gerade beim Pfannkuchenbacken war, erstarrte.

»Keinen Weihnachtsbaum?«, fragte sie. »Was soll das heißen? Natürlich gibt es Weihnachtsbäume!«

Aber Papa sagte, das sei gerade das Schlimme. Alle Weihnachtsbäume seien ausverkauft gewesen, als er einen kaufen wollte.
Jonas und Mia-Maria und Lotta konnten es einfach nicht glauben.
»Aber wir *müssen* doch einen Weihnachtsbaum haben«, sagte Jonas.
»Du hättest ja wirklich früher einen kaufen können«, sagte Mia-Maria. »Warum hast du das denn nicht gemacht?«
Und da antwortete Papa, dass er den Weihnachtsbaum ja immer erst drei Tage vor dem Fest auf dem Markt kaufe und dass es dann stets massenhaft Tannen gebe. Nur weil in den Wäldern in diesem Jahr so viel Schnee lag, sei es wohl schwierig gewesen, genügend Tannen herbeizuschaffen. Auf dem Markt gebe es jedenfalls keine Einzige mehr, wiederholte Papa, und er sei darüber wahrhaftig auch sehr traurig.
»Aber wir *müssen* doch einen Weihnachtsbaum haben«, sagte Jonas wieder.
»Tja, müssen!«, sagte Papa. »Ich kann schließlich nicht zaubern. Ich kann ja nicht alles.«
Da guckte Jonas Lotta an.
»Aber das kannst *du* doch«, sagte er. »Du kannst alles, hast du gesagt. Also dann besorg uns einen Weihnachtsbaum!«
»Das ist gemein von dir, Jonas«, sagte Mia-Maria. »Mach dir nichts draus, Lotta, er ist einfach ungerecht.«
»Ich mach mir ja auch nichts draus«, sagte Lotta eingeschnappt.
»So, jetzt wird gegessen«, sagte Mama.
Und dann saßen alle stumm da, aßen Pfannkuchen und waren sehr traurig. Weihnachten ohne Weihnachtsbaum, so was durfte es doch einfach nicht geben! Dann stand Papa auf, um zu seiner Arbeit zu gehen.
»Also, ich werde die ganze Stadt absuchen«, versprach er. »Und

wenn es irgendwo auch nur noch einen einzigen Tannenbaum gibt, dann bring ich ihn euch. Aber wenn es nicht klappt, dann klappt es eben nicht.«

Und damit ging er.

Jonas und Mia-Maria weinten und auch Lotta wollte gerade anfangen ganz schrecklich zu weinen. Doch bevor sie losheulte, musste sie ja noch unbedingt zum Kiosk und für Tante Berg eine Zeitung kaufen, so wie sie es versprochen hatte.

»Du darfst mitkommen«, sagte sie zu Teddy. »Und wir nehmen den Rodelschlitten, damit wir in all diesem Elend wenigstens ein bisschen Spaß haben.«

Der Weg zum Kiosk führte fast die ganze Zeit bergab.

»Aufgepasst!«, schrie Lotta und los ging es! Nur das letzte Stück musste sie den Schlitten ziehen, denn der Kiosk gehörte zur Tankstelle und die Tankstelle lag an der großen Landstraße, wo man nicht rodeln konnte. Die Tankstelle gehörte Herrn Blomgren und seine Frau stand im Kiosk.

»Guten Tag, kleine Lotta«, sagte Frau Blomgren, »wie geht's dir denn?«

»Schlecht«, sagte Lotta. »Denn wir haben dies Jahr keinen Weihnachtsbaum.«

»Das ist aber traurig«, sagte Frau Blomgren. »Ja, ich hab schon gehört, dass in der ganzen Stadt kein Weihnachtsbaum mehr aufzutreiben ist. Wirklich zu traurig!«

»Ja-a!«, seufzte Lotta. »Darum werde ich auch weinen, wenn ich nach Hause komme.«

Vorher kaufte sie die Zeitung für Tante Berg und dann überlegte sie lange, was für Bonbons sie nehmen sollte, Lakritzgummi oder Sahnebonbons oder Drops. So etwas lässt sich ja nicht im Handumdrehen entscheiden, man muss erst darüber nachdenken.

Und während Lotta noch nachdachte, passierte etwas Seltsames. Plötzlich kam ein großes Lastauto angerattert und hielt um zu tanken. Und auf diesem Auto – es war wirklich kaum zu glauben – lagen turmhoch Tannenbäume gestapelt!
Als Lotta das sah, geriet sie ganz außer sich. Über Bonbons nachzudenken, dafür war jetzt keine Zeit mehr! Und was für ein Glück, dass sie die Krone noch nicht ausgegeben hatte, denn mehr konnte ein Weihnachtsbaum ja nicht kosten!
Sie stürzte zum Fahrer, der schon beim Tanken war.
»Kann ich bei dir einen Weihnachtsbaum kaufen?«, fragte sie aufgeregt.
Der Mann guckte sie nicht einmal an.
»Nein, kannst du nicht«, sagte er brummig.
»Warum denn nicht?«, fragte Lotta.
»Weil die Tannenbäume nach Stockholm gehen, alle«, sagte der Fahrer.
»Warum denn alle?«, fragte Lotta.
»Warum denn, warum denn! Weil sie dort keine Tannen haben.«
»Wir doch auch nicht«, sagte Lotta.
»Ja, aber in Stockholm zahlen sie einem jeden Preis dafür. Also verdufte«, sagte der Fahrer und ging zu Herrn Blomgren hinein, um sein Benzin zu bezahlen.
Lotta lief ihm nach.
»Ich zahle auch jeden Preis«, rief sie fast weinend. »Wenn ich dir eine Krone gebe, krieg ich dann wenigstens einen kleinen?«
»Ja, denkst du! Verdufte, hab ich gesagt«, wiederholte der Mann, dem es nicht passte, dass Lotta ihm quengelnd um die Beine herumwuselte. Und weil er jetzt fertig war, ging er schnurstracks zum Lastwagen um abzufahren. Lotta lief ihm nach.
»Bitte, bitte!«, schrie sie und hielt ihm die Krone hin.

»Tschüs, du Dummerchen«, sagte der Fahrer nur und knallte die Autotür zu.
Dann fuhr er ab. Und da weinte Lotta. Jetzt konnte sie damit nicht mehr warten, bis sie zu Hause war. Dass es so was Schreckliches überhaupt geben konnte! Da fuhr ein ganzes Lastauto voller Weihnachtsbäume und sie hatte keinen einzigen abgekriegt, nicht mal einen klitzekleinen. Oh, wie sie diesen Fahrer hasste! Erbost starrte sie hinter ihm her. Er musste einen großen Bogen fahren, um auf die Landstraße zu kommen, und wie schnell er die Kurve nahm, unerhört! So durfte man nicht fahren, das wusste sogar Lotta.
Und da geschah etwas noch Seltsameres. Als der Lastwagen don-

nernd in die Kurve ging, fiel eine Tanne vom Stapel und blieb am Straßenrand liegen.
»Du hast eine Tanne verloren«, schrie Lotta, denn hilfsbereit war sie immer. Aber der Fahrer sah und hörte nichts, er fuhr einfach weiter. Und da stand Lotta und sah die roten Rücklichter des Autos allmählich verschwinden.
Gerade in dem Augenblick kam Herr Blomgren heraus.
»Guck mal, da liegt ein Tannenbaum«, sagte Lotta. »Und den brauch ich. Glaubst du, dass ich ihn mir nehmen kann?«
»Tja, warum nicht«, sagte Herr Blomgren. »Dort kann er sowieso nicht liegen bleiben. Also ist es nur gut, wenn du ihn wegschaffst.«

»Nein, gibt's denn so was!«, rief Frau Blomgren jetzt aus ihrem Kiosk. »*So* ein Glück kannst auch nur du haben, Lotta!«
»Aber wenn der Fahrer nun wiederkommt?«, fragte Lotta ängstlich.
»Dann hat er eben Pech gehabt«, sagte Herr Blomgren. »Er ist ja selber schuld, schließlich braucht er ja nicht so zu rasen, dass die Bäume runterpurzeln.«
Lotta dachte nach.
»Ich will dir doch lieber meine Krone hier lassen. Gibst du sie ihm, *falls* er wiederkommt?«
»Klar, mach ich«, sagte Herr Blomgren. »Und wenn er nichts von sich hören lässt, dann holst du dir deine Krone nach Weihnachten wieder ab.«
Es war eine große, schöne Tanne. Viel zu groß für Lotta. Aber Herr Blomgren half ihr. Er legte die Tanne auf den Schlitten und band sie mit einer Schnur fest. Dann setzte Lotta ihren Teddy zwischen die Zweige. »So fein bist du noch nie gefahren«, sagte sie. »Vielen Dank und tschüs!«, rief sie noch, als sie ging. Dann zog sie mit ihrem Schlitten los, die ganze Krachmacherstraße entlang. Und dabei pfiff sie. »Nicht zu fassen, wie gut ich pfeifen kann«, sagte sie zu Teddy.
Als Lotta zu Hause in die Küche kam, tat sie ziemlich geheimnisvoll und benahm sich auch sonst ein bisschen sonderbar. Aber keiner merkte es. Denn Jonas und Mia-Maria saßen noch immer da und weinten und Mama versuchte sie zu trösten. Keiner guckte Lotta auch nur an.
»Wieso heult ihr denn?«, fragte Lotta.
»Papa hat angerufen«, sagte Mama. »Und er hat alles, aber auch alles versucht, aber in der ganzen Stadt gibt es keinen einzigen Weihnachtsbaum mehr.«
»Find ich ja komisch«, sagte Lotta. »Kommt doch mal raus und guckt, was ich auf meinem Schlitten habe!«

Aber Jonas und Mia-Maria schluchzten und weinten und hörten Lotta gar nicht zu.
»Was soll das bloß für ein Heiligabend werden!«, jammerte Mia-Maria. »Ohne Weihnachtsbaum!«
»Kommt doch mal raus und guckt, was ich auf meinem Schlitten hab«, sagte Lotta wieder.
»Sei doch still!«, sagte Jonas. »Wir haben keine Lust uns was anzugucken, wenn wir weinen.«
»Dann eben nicht«, sagte Lotta. »Sonst hättet ihr einen Weihnachtsbaum sehen können.«
Da kam Leben in Jonas und Mia-Maria. »Einen Weihnachtsbaum? Ach, du flunkerst uns ja wieder was vor«, sagte Mia-Maria.
Trotzdem schossen die beiden zur Tür hinaus und Mama ging hinterher.
Draußen vor der Küchentür stand Lottas Schlitten. Mit dem schönsten Tannenbaum, den man sich nur vorstellen konnte. Und mittendrin saß Teddy und sah aus, als hätte er die Fuhre ganz allein hergefahren.
Jonas und Mia-Maria rissen nur die Augen auf. Und Mama sagte: »Ja, aber Lotta, wo hast du *den* denn her?«
»Rat mal!«, sagte Lotta.
Und da stürzte Jonas auf Lotta zu und umarmte und küsste sie.
»Du hast Recht gehabt! Du kannst ja wirklich alles!«, rief er.
»Ja, hab ich doch gesagt«, antwortete Lotta.
Am Tag vor Heiligabend wurde im gelben Haus in der Krachmacherstraße der Tannenbaum geschmückt. Alle halfen dabei, Papa und Mama und Jonas und Mia-Maria und Lotta. Und Lotta musste zum zehnten Mal vom Lastauto und dem Fahrer und überhaupt die ganze Geschichte erzählen.
»Einen so schönen Weihnachtsbaum haben wir noch nie gehabt«,

sagte Mia-Maria. »Seht doch bloß mal die schönen dichten Nadeln!«
»Und wie gut er riecht«, sagte Jonas.
»Lotta«, sagte Mama, »das werden wir bestimmt nie vergessen. Wie du uns einen Weihnachtsbaum besorgt hast.«
»Ja, an die Lotta-Tanne werden wir uns noch erinnern, wenn wir alle andern Weihnachtsbäume längst vergessen haben«, sagte Papa.
Lotta sagte nichts. Sie dachte nach. Mit mir ist es komisch, dachte sie. Ich kann so viel. Weihnachtsbäume besorgen und alles Mögliche. Ja, ich kann tatsächlich *alles*! Dann guckte sie liebevoll ihren Teddy an, der auf seinen krummen Beinchen unter der Tanne stand.
»Na ja«, sagte sie, »das ist klar, Slalom nicht!«

Guck mal, Madita, es schneit!

Heute schläft ganz Birkenlund etwas länger als sonst. Denn es ist Sonntag und ein dunkler Wintermorgen. Wer möchte da nicht schlafen? Aber gerade jetzt wachen alle der Reihe nach auf. Gosan und Sasso in der Küche, Alva in der Mädchenkammer, Mama und Papa in ihrem Schlafzimmer und Lisabet in ihrem Zimmer. Ja, natürlich ist es auch Maditas Zimmer, aber Madita schläft noch und will nicht aufwachen. Lisabet weiß, wie sie Leben in Madita kriegt. Sie lässt das Rollo mit einem Knall hochsausen und in der nächsten Sekunde schreit sie:

»Guck mal, Madita, es schneit!«

Da springt Madita schnell aus dem Bett.

Der erste Schnee ist ja etwas Besonderes und Wunderbares.

»Ich mag diesen lieber als all den anderen blöden Schnee«, sagt Madita.

So ungerecht ist Lisabet nicht.

»Ich mag aber allen Schnee auf der ganzen, ganzen Welt«, behauptet sie.

Darüber lacht Madita.

»Was willst du denn mit all dem Schnee auf der ganzen Welt? Ich finde, unser Schnee hier reicht schon.«

Ja, und ob der reicht! Und jetzt fällt er dicht über ganz Birkenlund. Die Birken rund ums Haus werden so weiß und schön und Madita und Lisabet werden so ausgelassen und wild.

Den ganzen Tag lang haben sie Spaß in ihrem Schnee. Sie rollen

sich darin herum, sie bauen einen Schneemann und eine Schneelaterne und dann rollen sie sich wieder im Schnee. Das macht Sasso auch. Er bellt und freut sich. Gosan guckt durchs Küchenfenster und glaubt, dass Sasso verrückt geworden ist. Gosan macht sich nichts aus Schnee.

Aber Papa! Plötzlich kommt er herausgestürzt und will mitmachen.

»Jetzt zeig ich euch mal, dass ich die Nase vom Schneemann mit diesem Schneeball hier treffen kann«, sagt er.

Und das kann er tatsächlich.

»Aber jetzt zeig ich dir, dass ich *deine* Nase mit diesem Schneeball treffen kann«, sagt Madita.

Und dann gibt es eine Schneeballschlacht! Papa kämpft so wild, dass er schließlich in eine Schneewehe fällt. Da muss er laut lachen und will nicht weitermachen. Am Küchenfenster steht Mama und guckt zu. Sie glaubt, dass Papa verrückt geworden ist. Sie macht sich auch nichts aus Schnee, genau wie Gosan.

Am nächsten Tag hat Madita Fieber und muss im Bett bleiben. So ein Pech! Denn heute wollte sie ja zuerst mit Alva und Lisabet Weihnachtsgeschenke einkaufen und dann mit Mama Pfefferkuchen backen.

»Aber ich kenn jemand, der kein Fieber hat«, sagt Lisabet. »Und es ist ganz gut, dass ich allein bin mit Alva, wenn ich Weihnachtsgeschenke einkaufe.«

Da wird Madita böse.

»Dummes Ding«, sagt sie.

Das findet Lisabet ungerecht.

»Ich will ja ein Weihnachtsgeschenk für *dich* kaufen. Aber jetzt tu ich das vielleicht nicht, wenn du so böse bist, *du* dummes Ding!«

Alva muss kommen und Madita trösten. »Du und ich kaufen an einem anderen Tag Weihnachtsgeschenke. Ganz allein!«

Mama kommt auch und tröstet Madita. »Ein paar Pfefferkuchen kannst du trotzdem backen. Du darfst nur nicht in der Stadt rumlaufen und frieren, das verstehst du doch.«
»Nee, du musst auf dich aufpassen«, sagt Lisabet. Sie geht ans Bett und will Madita tüchtig zudecken. Aber Madita will nicht zugedeckt werden. Nicht von jemand, der kein Fieber hat und der jetzt mit Alva Weihnachtsgeschenke einkaufen gehen darf.
Heute ist es herrlich in der Stadt. Wie hübsch es in allen Schaufenstern aussieht!
Alva und Lisabet gehen durch die Straßen und gucken sich alles genau an. »Mit dir ist es schön, Alva«, findet Lisabet. »Nie sagst du: Jetzt müssen wir uns beeilen.«
»Nein, aber *jetzt* müssen wir uns beeilen«, sagt Alva da. »Wir wollen doch zum Spielzeugladen!«
Das findet Lisabet auch. Denn dort will sie ja für Madita ein Weihnachtsgeschenk kaufen. Und das dauert lange. Am liebsten würde Lisabet alles kaufen, was es in den Regalen gibt. Aber vielleicht nicht gerade für Madita.
»Den da möchte ich am liebsten selber haben.«
Lisabet zeigt auf einen Puppenjungen in Matrosenkleidern.
»Oh, der ist so süß, dass man eine Gänsehaut kriegen könnte«, behauptet sie.
»Aber jetzt solltest du etwas für Madita kaufen, damit sie am Weihnachtsabend auch etwas hat zum Gänsehautkriegen«, meint Alva.
Lisabet kauft ein Puzzle für Madita. Auf dem Deckel ist ein Kätzchen abgebildet, das eine Menge Milch verschüttet hat. Oh, wie süß das Kätzchen ist, findet Lisabet. Und mit einem Puzzle kann sich Madita ja gut beschäftigen, falls sie unbedingt noch länger Fieber haben will. Alva steckt das Paket in ihre Tasche.
»Darüber wird sich Madita aber freuen!«

»Ja, und sonst behalt ich es eben selber«, sagt Lisabet.
Da lacht Alva.
»Du bist mir eine! Aber jetzt musst du einen Augenblick draußen warten. Ich will auch noch ein paar Sachen kaufen.«
»Was für Sachen denn?«, fragt Lisabet.
»Das ist ein Geheimnis«, sagt Alva. »Raus mit dir! Und versprich mir, dass du nicht weggehst!«
Das verspricht Lisabet. Geduldig wartet sie draußen. Sie versucht nur, ein bisschen durchs Fenster zu gucken, um zu sehen, ob Alva wohl in der Nähe von diesem Puppenjungen steht.
Heute sind viele Pferdeschlitten in der Stadt. Die Bauern haben ihre Schlitten mit Weihnachtsbäumen und Birkenholz, mit Kartoffeln und Äpfeln beladen, mit all dem, was die Leute in der Stadt zu Weihnachten brauchen.
Gerade da kommt ein Schlitten vom Marktplatz herangefahren und Lisabet reißt die Augen auf. Guck mal, hinten auf den Kufen steht ja Svenssons kleiner Gustav und fährt heimlich mit! Lisabet kennt ihn, er wohnt nicht weit von Birkenlund.
»Das wagst du nicht!«, ruft er Lisabet zu, als er vorbeifährt.
Aber Lisabet schreit zurück: »Und ob ich das wage!«
»Nie«, schreit Gustav, »du bist ja nur ein kleines Mädchen.«
Lisabet schnaubt, immerhin ist sie größer als Svenssons kleiner Gustav. Aber jetzt ist der Schlitten mit Gustav schon weit weg. Da kommt ein anderer Schlitten und der hält genau vor dem Spielzeugladen. Der Mann, der den Schlitten fährt, steigt aus, weil er einen Sack Holz im Haus gegenüber abliefern will. Eine Frau steckt den Kopf zum Fenster raus und ruft: »Aha, da kommen Sie ja endlich, Andersson!«
Sobald Andersson mit dem Sack im Haus verschwunden ist, probiert Lisabet, wie es ist, wenn man hinten auf den Schlittenkufen

steht. Das fühlt sich überhaupt nicht gefährlich an. Gustav hätte also gar nicht so anzugeben brauchen. Was Alva nur so lange macht? Ob sie den ganzen Spielzeugladen leer kaufen will? Lisabet guckt wieder durchs Fenster um zu sehen, ob Alva in der Nähe von dem Puppenjungen steht. Da kommt Andersson zurück. Er streichelt sein Pferd.

»Ja, meine Alte, nun geht's heim nach Fallebo.«

Dann fährt er los. Gerade als sich der Schlitten in Bewegung setzt, macht Lisabet einen Satz und steht auf den Kufen. Genau wie Gustav! Nur Andersson weiß das nicht. Er hat ja hinten im Kopf keine Augen. Hui, das geht ja ganz schön schnell, denkt Lisabet. Aber wenn er das nächste Mal anhält, spring ich ab.

3
S. MALM
J.S. MALM

Der Schlitten saust nur so dahin. Lisabet fährt mit Schlittengeläut durch die Stadt, und das findet sie herrlich. Schade, dass Svenssons kleiner Gustav sie jetzt nicht sehen kann. Aber es wäre gut, wenn Andersson nun bald anhielte, bevor Alva mit Einkaufen fertig ist. O weh, o weh, was soll sonst werden?
Nein, Andersson hält nicht an. Er hat es eilig, nach Hause zu kommen, und nach Fallebo ist es noch weit. »Na, meine Alte, beeil dich ein bisschen«, sagt er und schwingt die Peitsche. Und die alte Stute beeilt sich ganz kolossal, denn sie will ja auch nach Hause.
Doch da ist noch jemand, der sich ganz kolossal nach Hause sehnt, und das ist Lisabet. Sie möchte Andersson rufen und ihn dazu bringen anzuhalten. Aber sie wagt es nicht und er fährt nur und fährt. Bald sind sie weit draußen vor der Stadt. Hilfe, wie wird das bloß ausgehen? Jetzt hat Lisabet Angst.
Sie kommen an mehreren Höfen vorbei und jedes Mal hofft sie, dass es Fallebo ist. Aber es ist nie Fallebo und Andersson fährt und fährt weiter. Nun fahren sie durch den Wald. Man sieht nur verschneite Tannen und sonst nichts. Doch, Anderssons Rücken sieht man auch noch. Alles ist so furchtbar, oh, wie bereut Lisabet es, dass sie auf den schrecklichen Schlitten gesprungen ist, der überhaupt nicht anhalten will.
Nicht einmal, als Andersson aus der Flasche trinkt, die er bei sich hat. Nun fängt er auch noch an zu singen.

»Jetzt, Alte, lauf wie toll!
Jetzt saufe ich mich voll!«

Er singt auch anderes, was noch schlimmer ist.
Aber da hält Lisabet es nicht mehr aus.
»Halt an!«, schreit sie. »Ich will absteigen!«
Andersson dreht sich um und sieht sie.

Und endlich bleibt der Schlitten stehen.
Aber Andersson ist böse.
»Bist du aus der Stadt mitgefahren?«
»Jaa«, sagt Lisabet und weint. »Und jetzt will ich nach Hause!«
»Dann mach, dass du wegkommst«, sagt Andersson.
Lisabet weint noch mehr.
»Ja, aber du musst mich zurückfahren!«
»Tja, das könnte dir so passen! Niemand hat dich gebeten, auf meinen Schlitten zu steigen. Da ist der Weg! Geh nur zu!«
Und dann fährt Andersson weiter. Und da steht Lisabet. Sie hört, wie er sein schreckliches Lied wieder anstimmt. Aber bald ist nichts mehr zu hören. Kein Lied und kein Schlittengeläut. Nur der Wald rauscht ein bisschen.
Jetzt muss ich wohl sterben, denkt Lisabet. Allein auf einem verschneiten Weg mitten im Wald und so weit weg von zu Hause. Ja, ich muss wohl sterben, denkt sie und läuft.
Aber da legt sie los und läuft. Läuft und läuft, so schnell sie kann. Doch man kann nicht so gut laufen, wenn man gleichzeitig weint. Schließlich muss sie stehen bleiben. Und da steht sie im Schnee und weint und ruft: »Mama! Mama, komm her!«
Aber Mama kann nicht kommen. Sie will gerade anfangen Pfefferkuchen zu backen, zu Hause auf Birkenlund.
»Ich verstehe gar nicht, wo sie so lange bleiben«, sagt sie zu Madita.
»Wir können nicht mehr warten. Jetzt müssen wir mit dem Backen anfangen.«
»Ja, die geben wohl nicht eher auf, bis sie die ganze Stadt leer gekauft haben«, meint Madita. Krank fühlt sie sich nicht mehr und jetzt wird gebacken. Mama hat zwei Klumpen Pfefferkuchenteig vorbereitet, einen für Madita und einen für Lisabet. Madita backt viele Reihen Herzen und Weihnachtssterne und Schweinchen.

Doch ohne Lisabet macht es nicht so viel Spaß wie sonst, Pfefferkuchen zu backen. Und Madita sehnt sich nur danach, dass Lisabet zur Tür hereingestürzt kommt und ruft: »Habt ihr schon angefangen?«
Herein kommt aber nur Alva. Allein! Arme Alva, wie hat sie nach Lisabet gesucht!
»Ist Lisabet schon da?«, fragt sie besorgt. Und als sie hört, dass Lisabet noch nicht da ist, weint sie, dass die Tränen nur so fließen. »Sie hatte doch versprochen nicht wegzugehen!«
Mama wird ganz blass, als sie alles erfährt. »Wo in aller Welt mag das Kind nur stecken?«
Sie ruft Papa in seinem Büro an.
»Was sollen wir bloß tun? Du musst in die Stadt und sie suchen!«
»Das hab ich schon getan«, sagt Alva, die zwischen den Backblechen sitzt und weint.
Inzwischen kämpft sich Lisabet durch die Schneewehen heimwärts. Aber jetzt kann sie bald nicht mehr. Dieser Weg nimmt ja überhaupt kein Ende! Und warum muss es so furchtbar schrecklich stark schneien? Lisabet ist so böse auf den Schnee, dass sie darauf spucken möchte! Und dabei ist sie es, die gesagt hat, sie mag allen Schnee auf der ganzen, ganzen Welt. »Diesen scheußlichen Schnee hier jedenfalls nicht! Und auch keinen anderen Schnee, nee, wirklich nicht!«
Sie ist böse und da kann sie sogar leichter im Schnee vorwärts kommen. Aber bald ist sie wieder nur noch traurig. Traurig und müde und hungrig und allein gelassen und Pipi muss sie auch. Warum ist alles so furchtbar?
»Mama«, ruft sie, »Mama, komm doch!«
In diesem Augenblick sieht sie ein Stück abseits vom Weg ein Häuschen im Wald. Da muss es doch einen lieben Menschen geben, der ihr helfen kann!

Jetzt hat sie es eilig und schluchzend stapft sie durch den Schnee bis zum Häuschen und klopft an die Tür. Klopft und klopft und weint und klopft wieder. Aber niemand öffnet, niemand ist zu Hause. Da muss sie so schluchzen, dass es sie schüttelt. Arme Lisabet, wenn Mama sie jetzt hören könnte, würde sie bestimmt mit ihr weinen.
Aber da ist ja noch ein kleiner Stall neben dem Häuschen. Vielleicht ist dort jemand? Lisabet klopft an die Stalltür. Von drinnen kommt ein Muhen. Vielleicht sind nur wütende Stiere in diesem Stall? Sie will aber unbedingt hinein, da ist es ein bisschen warm. Sie fasst die Tür an, sie ist nicht verschlossen, was für ein Glück! Aber wagt sie sich hinein? Ja, sie wagt es!
In einer Box steht eine einsame Kuh. Als Lisabet angestapft kommt, muht sie noch einmal. Dann ist sie still und sieht Lisabet mit lieben Kuhaugen an.

Lisabet streichelt sie vorsichtig. Nur eine Kuh! Aber jetzt ist sie wenigstens nicht mehr ganz allein auf der Welt!

»Irgendjemand muss ich ja haben«, erklärt sie der Kuh.

Es ist schön in diesem Stall. Und nachdem sie in der Mistrinne Pipi gemacht hat, fühlt sie sich wenigstens *etwas* erleichtert. In einer leeren Box liegt Stroh und dort legt sie sich hin und schläft eine Weile. Doch bald wacht sie auf und friert.

Sie streichelt die Kuh und wärmt sich ein bisschen an ihr. Dann geht sie wieder hinaus in den Schnee.

»Ich muss ja nach Hause, sonst sterbe ich noch. Blöder Andersson!«

Und Lisabet müht und kämpft sich weinend durch den Schnee, ein

Stück nach dem anderen. Doch zu guter Letzt ist sie so müde, dass sie am Wegrand hinfällt. Und da sagt sie ganz entschieden: »Jetzt steh ich nie mehr auf!«
Aber es ist gefährlich, im Schnee zu liegen, das weiß sie. Wenn man sich nicht in den Schnee eingräbt, erfriert man. Sie häufelt sich ein bisschen Schnee auf den Bauch. Obwohl das auch nicht viel hilft. Wenn es so weiterschneit, bin ich sowieso bald eingegraben, denkt sie. Blöder Andersson!
Plötzlich hört sie jemanden singen und Schlittengeläut, das näher kommt. Was ist das? Kommt Andersson etwa zurück? Nein, es ist nicht Andersson. Es sind Herr und Frau Hansson aus Kullebo, die angefahren kommen. Doch das weiß Lisabet nicht. Sie springt auf und schreit, so laut sie kann:
»Darf ich mitfahren?«
»Liebes Kind«, sagt Frau Hansson, als sie Lisabet, die wie ein kleiner Schneemann aussieht, am Wegrand entdeckt. »Was machst du denn allein hier draußen im Wald?«
Aber da schluchzt Lisabet so heftig, dass sie nicht antworten kann. Herr Hansson steigt aus dem Schlitten und klopft ihr den Schnee ab. Er hebt sie hoch und setzt sie seiner Frau auf den Schoß.
»Soso, soso, nun ist ja alles gut«, sagt Frau Hansson.
Und gewiss ist es gut, denn Frau Hansson deckt sie mit ihrem warmen Schal zu und steckt ihre Füße unter die Pelzdecke, die über ihren Beinen liegt, und nimmt ihr die nassen Handschuhe ab und wärmt ihre Hände in ihren eigenen und hält sie ganz fest in ihren Armen. Gewiss ist es gut, gewiss ist es wunderbar, trotzdem weint Lisabet noch eine Weile weiter, weil sie grade dabei ist. Schließlich hat sie zu Ende geschnauft und nun erzählt sie, wie sie heißt und wo sie wohnt und warum sie so weit weg ist von zu Hause.
»Oh, du armes Kleines«, sagt Frau Hansson immer wieder.

Und Herr Hansson treibt sein Pferd an. »Wein nicht mehr! Wir fahren dich heim zu Mama.«
Herr und Frau Hansson fangen wieder an zu singen, wie sie es immer tun, wenn sie unterwegs sind.

»Nur ein Tag, ein Augenblick zugleich,
oh, welch Trost,
was auch geschehen mag.
Alles ruht in unsres Vaters Händen,
ich, sein Kind,
brauch keine Angst zu haben.«

Lisabet seufzt, es ist so schön: In einem Schlitten sitzen und es warm haben und dahingleiten, während es im Wald dunkler und dunkler wird, und das Lied hören und das Schlittengeläut und sonst nichts. Bald schläft sie ein. Sie schläft, bis der Schlitten vor dem Tor von Birkenlund hält.
Da drinnen in der Küche sitzt Madita allein mit Gosan und Sasso und wartet und wartet. Mama und Alva und Papa und viele andere Menschen sind draußen und suchen nach Lisabet.
Es ist schon ganz dunkel geworden und Madita bekommt immer mehr Angst.
Wenn sie Lisabet nun nicht finden, wenn Lisabet nie mehr zurückkommt? Was soll dann werden?
Ja, dann muss ich ihre Pfefferkuchen wohl auch backen, denkt Madita. Aber sie weiß, es wird kein besonders lustiges Pfefferkuchenbacken. Madita weint. Oh, sie hat ja solche Sehnsucht nach Lisabet! »Lisabet, wo bist du?«, ruft sie. Als ob Lisabet sie hören könnte!
Und gerade da geht die Tür auf und herein kommt Lisabet.
»Hier bin ich«, sagt sie und lacht.

Da läuft Madita auf sie zu und schlingt ihre Arme um sie und sie umarmen sich beide lange und fest.
Schließlich sagt Lisabet:
»Ich will was zu essen haben!«
»Du kannst Butterbrote haben!«
Madita zeigt auf den Küchentisch, da stehen Brot und Butter, Milch und Käse und kalte Fleischklößchen. Und Madita streicht Butterbrote, eins nach dem andern. Lisabet kann gar nicht genug kriegen. Sie isst in einem fort und kann kaum antworten, als Madita sie fragt:
»Wo bist du nur den ganzen Tag gewesen?«
»Ich im mit eim Istkerl gefahn, der ieß Andersson«, sagt Lisabet, den Mund voll Butterbrot.
Madita versteht trotzdem sofort, was es bedeutet: »Ich bin mit einem Mistkerl gefahren, der hieß Andersson.«
Und während Lisabet kaut und isst, erzählt sie alles, all das Schreckliche, was sie heute erlebt hat.
Vorwurfsvoll sieht Madita sie an.
»Du hattest Alva doch versprochen nicht wegzugehen!«
»Bin ich ja auch nicht«, sagt Lisabet, nachdem sie ein bisschen nachgedacht hat. »Ich bin *gefahren*!«
Da läuft Madita wieder zu ihr und umarmt sie.
»Du bist ein schlimmes Kind! Aber ich hab dich trotzdem lieb.«
Lisabet darf auch Maditas Pfefferkuchen probieren. Morgen wird sie ihre eigenen backen. Aber jetzt ist sie nur noch müde und gähnt.
»Ich weiß, was wir machen«, sagt Madita. »Wir gehen beide ins Bett. Wenn Mama und Papa dann nach Hause kommen, liegen da zwei Kinder und nicht nur eins. Stell dir vor, wie sie sich freuen werden!« Lisabet nickt.
»Das stimmt, es ist schon ein großer Unterschied, ob zwei Kinder da sind oder nur eins.«

Jetzt müssen sie sich beeilen. Sie wollen ja im Bett liegen, bevor Mama und Papa nach Hause kommen und ihnen die Überraschung verderben könnten.
»Darf ich in dein Bett und in deinem Arm liegen?«, fragt Lisabet.
»Ja, komm nur her!«
Madita will nichts lieber.
»Weißt du nämlich was? Wenn Mama und Papa wieder da sind und mir gute Nacht sagen wollen, sehen sie dein leeres Bett, und dann weinen sie.«
Als sie sich vorstellen, wie Mama und Papa ganz unnötig weinen, kichern sie begeistert. »Und dann – hui – steckst du deinen Kopf unter meiner Decke hervor und sagst: Warum weint ihr denn? Dann werden sie lachen!«
Lisabet kichert wieder. Das wird bestimmt ein Spaß. Dann singt sie das Lied, das sie gerade gelernt hat.

»Nur ein Tag, ein Augenblick zugleich,
oh, welch Trost,
was auch geschehen mag.
Alles ruht in unsres Vaters Händen,
ich, sein Kind,
brauch keine Angst zu haben.«

»Wo hast du das denn her?«, fragt Madita. Und Lisabet erzählt es ihr.
»Aber Andersson, dieser Mistkerl, hat auch eins gesungen.«
»Sing es mal«, sagt Madita.
Lisabet schüttelt den Kopf.
»Nein! Das ist keins für Kinder.«
Aber Madita will es unbedingt hören.
»Ach, sing es doch!«
»Aber nur unter der Decke«, sagt Lisabet. Und sie kriechen unter

die Decke und Lisabet singt ganz, ganz leise, denn sie sind ja schließlich Kinder und sollten so was Scheußliches nicht hören.

»Verdammt noch mal, schön ist das Leben,
wenn man 'ne Buddel Schnaps kann heben.«

Plötzlich hört sie auf zu singen.
»Nein, das ist nichts für Kinder, das hörst du ja!«
»Nee, pfui, wie scheußlich«, sagt Madita. »Sing es trotzdem noch mal!«
Das will Lisabet aber nicht. Stattdessen legt sie los mit: »Nur ein Tag...«
Da fällt Madita plötzlich etwas ein: »Stell dir vor, wenn ich dich nun angesteckt habe und du kriegst auch Fieber!«
»Das würde mir nichts ausmachen«, sagt Lisabet. »Denn morgen geh ich sowieso nicht nach draußen.«
Sie denkt ein wenig nach.
»Ich geh vor Weihnachten gar nicht mehr raus. Und vielleicht nie mehr!«
Madita ist sehr erstaunt. »Warum denn nicht?«
»Ich bin so lange draußen gewesen, dass es reicht«, sagt Lisabet.
Gleich darauf kommen Mama, Papa und Alva nach Hause. Sie sind so verzweifelt, dass sie nicht einmal weinen können. Aber Mama und Papa gehen nach oben ins Kinderzimmer, um Madita gute Nacht zu sagen.
Und in Maditas Bett finden sie zwei kleine Mädchen, die dicht beieinander liegen und schlafen. Fast sehen sie aus wie Engel.
Mama und Papa stehen still da und schauen sie an. Sie halten sich an den Händen und Tränen rollen über ihre Wangen. »Gott sei Dank«, flüstert Mama. »Gott sei Dank!«
Denn ganz gewiss ist es ein großer Unterschied, ob zwei Kinder da sind oder nur eins.

Quellenangabe

Einzelgeschichten:

1 Sammelaugust
2 Polly hilft der Großmutter
3 Ein småländischer Stierkämpfer
4 Goldkind
5 Etwas Lebendiges für den lahmen Peter
6 Wer springt am höchsten?
7 Große Schwester, kleiner Bruder
8 Pelle zieht aus
9 Märit
10 Gute Nacht, Herr Landstreicher

aus: *Sammelaugust und andere Kinder*

Als gleichnamige Bilderbücher erschienen:

11 Na klar, Lotta kann Rad fahren
12 Ich will auch in die Schule gehen
13 Ich will auch Geschwister haben
14 Kindertag in Bullerbü
15 Lustiges Bullerbü
16 Lotta kann fast alles
17 Guck mal, Madita, es schneit!
18 Weihnachten in Bullerbü

Alle Bücher erschienen im Verlag Friedrich Oetinger, Hamburg

Aus dem Schwedischen von Thyra Dohrenburg: 11, 13
Aus dem Schwedischen von Silke von Hacht: 12, 14, 15, 17
Aus dem Schwedischen von Anna-Liese Kornitzky: 16
Aus dem Schwedischen von Karl Kurt Peters: 1-10